熊猫珍妮出川记

李文娟 著

新 星 出 版 社　NEW STAR PRESS

图书在版编目（CIP）数据

熊猫珍妮出川记 / 李文娟著 . -- 北京 : 新星出版社，2020.11
ISBN 978-7-5133-3318-4

Ⅰ . ①熊⋯　Ⅱ . ①李⋯　Ⅲ . ①科学幻想小说 — 中国 — 当代　Ⅳ . ① I247.5

中国版本图书馆 CIP 数据核字（2018）第 273765 号

熊猫珍妮出川记

李文娟　著

策　　划：谢　斌　杨成春　朱　鹰
责任编辑：汪　欣
特约编辑：洪　与　姚小红　莫金莲　刘德华
责任印制：李珊珊
装帧设计：刘青文

出版发行：新星出版社
出 版 人：马汝军
社　　址：北京市西城区车公庄大街丙 3 号楼　　100044
网　　址：www.newstarpress.com
电　　话：010-88310888
传　　真：010-65270449
法律顾问：北京市岳成律师事务所

读者服务：010-88310811　service@newstarpress.com
邮购地址：北京市西城区车公庄大街丙 3 号楼　　100044

印　　刷：北京天恒嘉业印刷有限公司
开　　本：890mm×1240mm　1/32
印　　张：7
字　　数：112 千字
版　　次：2020 年 11 月第一版　2020 年 11 月第一次印刷
书　　号：ISBN 978-7-5133-3318-4
定　　价：35.00 元

版权专有，侵权必究；如有质量问题，请与印刷厂联系更换。

目 录

- 003 （1）宝兴岁月
- 009 （2）偷窥
- 018 （3）科研队进驻秀水沟
- 025 （4）憧憬
- 032 （5）偶遇
- 039 （6）猎人的收获
- 042 （7）欢欢失踪
- 049 （8）珍珍变成了珍妮
- 054 （9）复仇的怒火

- 065 （10）大学生之死
- 074 （11）大熊猫是我们的神
- 078 （12）舞台真大
- 086 （13）回乡
- 095 （14）灾害
- 101 （15）世界自然基金会和大熊猫
- 111 （16）神秘的成都平原
- 118 （17）运动来了
- 126 （18）熊猫天团
- 134 （19）美美之死
- 144 （20）饥饿的日子

- 149　（21）棕色大熊猫和地震
- 159　（22）拯救大熊猫
- 165　（23）珍妮的宿命
- 171　（24）失去的青春
- 176　（25）三星堆和大鸟
- 184　（26）这一世的荣光
- 191　（27）基因之谜
- 198　（28）奶奶的话
- 202　（29）走向密林深处
- 209　（尾声）

熊卡夫卡说,每个人都生活在自己背负的铁栅栏后面。作为一只熊猫,我认为这句话说到我心里面去了。

——题记

多年之后,当我意识到这个世界没有什么是完整的,我突然不再焦虑。以前我总是太用力,爱情,功名,自由,亲情。想要努力证明自己对对方的好。想要证明自己爱或不爱一个人。想要证明自己在背地里做过多少不为人知的努力才得到今天的结果。

时间帮我证明,你所以为的偶然,有时真的只是偶然。

时间还帮我证明,你所以为的真爱,有时只是圈套。

我有时想,要是有一种涂改液,能抹去我离开宝兴的光阴,我会一直把它们用光。虽然我曾经一度以为那就是我的全世界。

那时我不叫珍妮,还叫珍珍。没错,珍妮是我的艺名。我天真烂漫,有着幸福的低智商,嫌周围的空气太好,嫌溪水中映照的自己有点婴儿肥。

四月的一天下午,山中桐花已谢,杜鹃花还在打着花骨朵儿。在海拔2400米高坡的芦山山脉,如果你站在岩石上向周围望去,可以看见挺拔的铁杉和华山松,当然也有一丛丛的大箭竹。如果你继续沿崎岖的山路往上走,你还可以看见冷杉林和红桦树,地面被一层层软绵绵的泥煤藓覆盖着,陡峭向阳的小山坡变成了草坡。空气很潮湿,乔木树干上长满了苔藓,枝间挂着松萝,这里有我很喜欢的冷箭竹。当然小熊猫也在另一面山坡,啃食那里的竹子。

（1）宝兴岁月

　　林麝隐藏在林中，采食挂在树上的松萝，斑羚和鬣羚则在陡峭的悬崖上吃草。林间的鸟儿有血雉、红腹角雉、勺鸡、画眉，空气中弥漫着竹子的清香。我从来不吃第四节竹子以下的竹枝，这是我的饮食习惯。当然，我也不喝第100棵竹子以下的河流中的水，如果一只熊猫没有一点小小的癖好，你就是一只没有性格的熊猫，会被人瞧不起——这是我爸爸说的。我爸爸的癖好就是每天吃饭前三分钟总会祈祷，有次祈祷的时候差点被猎人追上，为此我那脾气急躁的妈妈总是被他惹毛。我的大哥兵兵的癖好就是打架和吃玉米，而且他一定要吃刚刚成熟还带点包浆的玉米。我的大哥打赢了山上最凶的熊猫，除了我，没有谁敢对他呼来喝去。他今年3岁半，正是一个中二病患者。可是每次只要我一叫他，他就会乖乖地来陪我玩游戏，不然我就会躺在地上打滚大叫，直到把狼招来。我还有个妹妹叫欢欢，她还太小，没有形成明确的性格，每天寸步不离妈妈的左右。当然我还有美美和萍萍、安安这些堂弟堂妹，他们其实也都有着自己的小癖好。如果你成为我们大熊猫的朋友，你就会有时间慢慢了解我们啦。

　　这天我又来到宝兴河边，费了好大的劲儿才找到第100

棵竹子，我沿着那棵竹子慢慢溜达到河边。这是我见过的唯一的一条河，我的爸爸明亮和他的伴侣——我的妈妈明月，总说这条河救了我的哥哥，他们说这是世界上最美的河。

后来我去谷歌搜了一下，它叫夹金河，发源于夹金山峡谷中，顺便流经了我家所在的那片草金坡，和世界上那些宏伟的大江大河比起来，完全是一条寂寂无名的河。人所观察和了解的世界，就是他以为的全世界。这和佛法中的道理倒有某些相似。

我并不知道这一天会改变我的命运。溪水清澈，我喝得很饱。在溪边的大石头上，我美美地睡了一觉，除了我的哥哥，还有刚从大石寨后山赶过来的李龙龙。

我忘了告诉你们，李龙龙是另一个家族的熊猫，也就是那只被我哥胖揍过一顿的熊猫。他为了寻仇，来到了我家的山坡，没想到遇见了我。我们的见面，用他的话说，是"清风玉露一相逢，便胜却人间无数"，老实说，我没想到他是一只有文化的熊猫。他和我哥哥，早已化干戈为玉帛。

我爸爸出门旅行的时候，常常带着我哥哥和李龙龙，他总是吩咐他们小心自己的熊掌。有的猎人会取走大熊猫的皮，如果遇到过于激烈的挣扎，他们就会拿出一把尖刀，直接砍走两只熊掌。我爸是我心目中的英雄，既然他也喜欢李龙龙，那李龙龙一定是只优秀的大熊猫。

今天李龙龙给我带来的是两个硕大的土豆和两只小老鼠，我喜欢看小老鼠在地上追逐。它们出生不久，跑不快。李龙龙每次找我玩的时候，王小妮就会跟过来。王小妮身上的毛发是黑色偏多，我是白色偏多。但有时候看起来她比我干净漂亮，而且她性格温顺，这一点我觉得特别窝火。不过李龙龙说，他觉得我更可爱一些，我哥哥则经常看着我叹气，希望我有王小妮一半的文静就好。虽然不知道他们的眼光为什么不一样，我还是高兴可以天天看见李龙龙。

你别以为我说了那么多，就以为有很多的熊猫，其实这山中，就只有我们一个大家族，我们大熊猫是很看重自己的领地的。我们都很尊重每一只熊猫的空间，像我妈妈，她一个月总有那么几天，会躲进一个山洞里，既不做家务也不理我们，哪怕我的妹妹欢欢饿得嗷嗷叫，她也不理她。但我的爸爸都会尊重她，任她在山洞里待着。几天之后，她又回归正常，继续和我爸爸拌嘴。我也有自己的小小空间，当然，我很愿意和李龙龙共享这个空间，也只能是他了，我哥就不行。

李龙龙生活在另一座山坡，他常常要走两三个小时，才能到达这片竹林。他也有一个很大的家族，他们家族的领地也很大。当然，我们两个家族也经常在一起联谊，开开运动会，分享一下冬天储藏的食物。不过，我们要进入对方的领地之前，都会好好地打招呼，不然两队熊猫很有可能一言不合打起来。

我脖子上挂着李龙龙送的红绒球。这就是我们之间的约定啦。虽然我嫌这个红绒球有点紧，可是我发现戴着它的时候，王小妮的眼睛就发出忌恨的光，我就天天戴着它了。这世上有一种快乐就是让你不喜欢的人特别不快乐。哈哈，好高兴。不要说我傲娇，准保你们面对忌妒的表现还不如我。

我们在这片竹林待了多久呢？大约几百万年前，我的始祖母，个头比我们现在要大上一倍还要多，我们居住在水草丰美的原始森林里，那时我们的邻居有赫赫有名的剑龙和巴克龙，当然还有冠龙和包头龙、霸王龙、三角龙、甲龙，它们的名字令人眼花缭乱，不过名字再屌也没用了，在白垩纪那一场著名的大灾难中，它们挂了一大半，剩下的跟我的始祖们迁到了平原地带。他们庞大的身躯和尾巴在平原地带显得极其的怪异，而且平原里的小动物可不比森林里多，它们老是挨饿，没过多久，大概又过了几十万年，这些庞然大物通通饿死了，他们就从这个星球上消失了。

森林被大火毁掉了，我们来到了平原，我们的食物也不够，可是我们没有恐龙那么挑剔，也没它们那么蠢，我们可以吃一些小昆虫和野果。可有一年草原上大旱，植物又被干死了大半，我们连野果子都没得吃了，只好继续迁徙。大概又过了好几十万年，我们来到了这里。当然，几十万年我们慢慢发现，竹子是最容易生长的植物，而且这是被其他动物忽视的食物，没人跟我们抢啦，就这样，我们又开始吃竹子了，一吃就是好几十万年。我们大熊猫是很好讲话的，适应能力也很强，自然界总会有我们吃的，所以，我的始祖母们熬过了漫长的岁月，终于让我们熊猫家族战胜了重重险阻，活到了今天。

当然，这些故事我都是听我的爷爷讲的，他是个喜欢讲故事的老人。

在我始祖母的时代，我们还有另外一个邻居，就是著名的大鸟。它的翅膀展开，可以遮住两座山峰；它要是渴了，可以一口气喝干一条河流；它要是在那儿待上一天，那儿就会瞬间变成黑夜，人们都叫它凤凰。这只鸟的个头和我们大熊猫一样，随着岁月的流逝变得越来越小了。我爷爷说，这只鸟藏在大山的密林中，轻易不示人。但一旦天有异象，它就会飞出来，站在最高的那片竹林的顶端，向着天空嘶鸣。听说它上一次出现，是地上发了大洪水，很多动物在洪水中死去。洪水来临之前，大鸟站在西边最高的山坡上，大声嘶鸣，我的始祖母听懂了，带领家族逃到了安全的地方。那时候人类已经出现了，不过人类和我们大熊猫还没有任何交集，他们还在类人猿时期，刚刚学会直立行走和制造工具，每天也被野兽追逐，他们的体力和我的始祖母比起来，差得远啦。所以对于这个世界最终会被人类统治这件事，大家都缺乏预见性。我估计，要是始祖母知道我们家族差点被人类灭亡，说不定在人类茹毛饮血的年代就几个跟头摔死他们的祖先了。

在我们森林里，很多动物害怕人类，我们大熊猫却没有这个基因，反而会主动亲近他们，有时这就是极大的危险呢。还是说回大鸟吧，虽然我长这么大还从来没有见过它，但我相信，这是人类唯一会真正害怕的动物……我躺在石头上思绪万千，太阳慢慢落下去了。整个山林静得可以听见我的呼吸声，远处传来我妈妈焦躁的叫声，我得回家了。

（2）偷窥

300万年前开始，熊猫开始分化，最初它们可能叫半熊、印度熊或者猎熊，不管怎样，在人类史前文明中，这种生物就出现了。而我的同胞，法国神父戴维在卧龙一带传教时，发现了这个物种，它们黑白相间，憨态可掬。戴维在介绍中叫它猫熊，他认为这是一个新的物种。不管怎样，这个吻短脸圆大耳朵的黑白猫熊在法国引起了轰动，其眼部独特的黑眼圈在动物界辨识度很高。中国人认为它与太极八卦有着神秘的自然联系。据说这种动物对自身栖息地的要求极为苛刻，一般情况下，它们都是独自栖息在茂密的竹林中，生性脆弱，性情孤僻。

而位于中国西部的四川成都平原，南北长170公里，面积16858平方公里，东西南北都有高山，长年气候温和湿润，经过几百万年的自然选择，大熊猫把它作为自己的栖息地。

大熊猫远祖起源于古食肉类，距今已有八九百万年，那时人类的进化尚处在古猿时期。大熊猫的祖籍在云南西北禄丰的元谋的褐煤地层，生活的环境接近沼泽地带，食物不以竹子为主，以后扩大分布，才转变为以少竞食者分布又广的竹子为生。距今约60至70万年前，大熊猫的体型逐渐增大，那时大熊猫遍布中国东南各省，达到空前的繁盛。18000年前最后一次冰川期的袭击和造山运动逐渐衰退。12000年前冰川期结束、气候稳定，在秦岭、岷山、邛崃山、相岭和大凉山，大熊猫遗存至今，故有"活化石"之称。

来到夹金山脉一个月，今天我终于见到了梦寐以求的大熊猫。而且不是1只，是3只，它们都是体态健壮的成年大熊猫。这难道是神的庇佑？

戴维说得对，这种黑白相间的生物真的给人一种极强的震撼。

它从林间懒洋洋地下来，步态优雅。当时河流的水面上还结着薄冰，它用前掌击打薄冰，冰层碎裂，它先用手掌尝了尝，觉得河水好喝，这才直接把嘴伸进水中，咕噜咕噜地喝了一阵。随后抬起头来，望向河的对岸，我险些以为它发现了我。我带着一台汉娜送的录像机，我舍不得离开这只熊猫一分一秒。那一刻，我觉察到自己心头强烈的欲望，她那锃亮柔软的毛发如果能亲自摸一摸该有多好。

晚上，我回到位于秀水沟的营地，开始生起火来，随身带的干酪和面包都快吃完了，我得赶紧下山去县城一趟。

去县城的路上，我路过一位当地村民的家，他的家里，竟然挂着一张那神一样动物的皮。看来，这里果然消息闭塞，还没人知道,这种生物正在成为轰动世界的无价之宝。

13日,我收到妻子汉娜的信,她说我的母亲病了,要我赶紧返回法国。20日,我回到了法国,我的朋友加尔比恩到机场接我。

"嘿,埃德蒙,有什么好事让你在中国待了那么久?"

我告诉他,我在中国亲眼看见了大熊猫。加尔比恩在奥尔良有一大片农庄,不过他常常开车来巴黎市区跟我喝酒。作为一个香水和珠宝商人,加尔比恩比我更能看到机遇。

夜里,我们喝完酒,我把录像机里拍摄到的大熊猫影像给他看,在场的还有我的另外两位朋友,科莫和汤姆。我们从儿时起就常常去我家后院踢足球。

朋友们都被这可爱的生物萌到,不停地惊呼。只有加尔比恩的反应有点奇怪,感觉他虽然激动却有点不高兴,是忌妒我在中国的奇遇吗?

我忙着去医院照顾生病的母亲,还和孩子们去波尔多过了周末。又过了一周,周三的晚上,我接到加尔比恩打来的电话,他问我还会不会去中国。我心里牵挂宝兴的大熊猫,肯定会的。

本来计划一个月之后出行,但在加尔比恩的催促下,我们很快就离开了法国,再次来到宝兴。不过我在飞机上看到一本画册，说四川的大部分地区，包括平武、九寨、雅安、美姑、小金，还有陕西的秦岭山脉一带，都有大熊猫的种群分布。

此次和上次已有不同之处，我看到秀水沟多了很多帐篷，他们是一些科研团队。我以前曾经驻扎的营地被别人占领了。我们只好在草金坡上另寻住处，同时在穆坪镇上租了一间小旅馆。

加尔比恩跟我交换了一个主意，就是抓住那只大熊猫，再把它运回法国。他说，这样神奇的动物，一定能派上大用场。

虽然我还不知道他所说的大用场是什么，可是，能拥有这样一只黑白猫熊，养在院里当宠物，不也挺好的吗？不过，我可不确定这样神奇的生物会不会喜欢我的家乡巴黎。况且，它行踪神秘，不喜与人亲近，能亲眼看见已让人欣喜不已，能真正拥有它吗？

周四，我们去当地的村民家里买粮食。加尔比恩已经喜欢上了一种叫烤红薯的食物，还有在林间飞的野鸡，地上跑着的兔子。还有个子硕大有很多只脚的昆虫，村民也有本事捉来烤着吃。

当地人有打猎的习惯，他们常打的猎物有野猪和熊，还有獾、金丝猴。山高林密，动物很多，老猎人家冬天的被子和袄子，都是动物皮做的。他们种一些土豆和玉米，青稞和大白萝卜。有的居民会上山采药，他们用石头堆房子，房子上盖着毡房,养牛和猪。当地的小孩子大多不上学,认字的不多。我们还学会了熬米粥。面粉和米都很昂贵,但红薯土豆很便宜,野菜不要钱。

待了两周,我们天天去山里转悠,没有大熊猫的踪迹。去到上次我去过的那条河边,依然没有。

大熊猫迁移了吗?他们非常看重自己划定的区域和领地,由于天生热爱孤独,就是无意中在林间碰到同类,也会有意识地避开。

还是,人类的活动已经被他们察觉?从夹金山到碧峰峡,从平武到美姑县,已经有多个考察队进驻。中国政府正在派出专家团队和工作小组,了解大熊猫的野外生存状况,统计大熊猫的数量。

4月24日,加尔比恩的生日。我们在帐篷里煮好了土豆,还有当地流行的盐肉。我从烤箱里把烤好的面包拿出来,取出红酒。

"没想到我会在中国过我的35岁生日。"

"你本来就喜欢冒险嘛。你忘了当年在墨西哥?"

加尔比恩20岁时曾经跑到墨西哥去采挖石油,当然最后是带着满袋的金子回到法国。他在奥尔良的庄园也是他辉煌的象征,那是我们那一带最好的庄园。

"可是你念书一直都比我好。"

"但你脑子比我聪明。"

我们边喝红酒边聊天。

"不过,你说的,大熊猫带回法国有大用途,什么意思?"

他神秘一笑:"等抓到再慢慢告诉你。"

我睡在帐篷里,把头伸到帐篷外面,看满天的星星。柴火燃烧得很旺,但地面仍然潮湿阴冷。明天还是找不到大熊猫的话,我们得回镇上住几天。在山里的时间过长,总是危险的。

间或有几声豺或豹的叫声。他们是大熊猫的天敌,难道我见过的那只美丽的大熊猫被豺吃了?但豺一般只吃幼仔或年老的熊猫,成年熊猫的力气很大,传说一只体重300斤的熊猫可以踩垮一辆汽车,攻击力也强,豺轻易不会挑战它们。

我见过的3只,都是成年熊猫。可是它们究竟去哪儿了呢?这个季节,正是熊猫的发情期,每年它们的发情期只有20多天。也许它们换地方交配去了?

我都不得而知,只乞求明天能有好运气。

我翻开随身携带的戴维神父的日记。

戴维神父1826年出生于法国西南部比利牛斯山区的一个小镇,他的父亲多明尼格是一名医生,在镇上颇有威望。他在父亲的引导和鼓励下,博览了有关自然历史的学术文献,常常到离家不远的山中采集蝴蝶和其他昆虫标本。然而，他的主要抱负是成为一名传教士。1852年，他被任命为传教士出使中国。在他启程之前，巴黎自然博物馆的负责人米尔恩·爱德华兹委托他采集各种动植物标本。他到达北京后不久，便着手进行这一工作。

戴维神父自1852年起3次来华，在华工作了整整12年。他收集到许多动物，其中鸟类772种，定新种60个，鉴定兽类220种，新种63个。

第一次来华时，他以骆驼为主要交通工具，深入风沙强劲、严寒透骨、人烟稀少的内蒙古高原。在一望无际的大草原上，采集了不少标本。

1868年，他第二次来华。

1868年10月13日

今日到达成都。我忙于收拾许多行李，以便次日出发。如果上帝保佑，就在穆坪县（宝兴县）待上一年，大家都说那里有奇草异兽。

1869年3月11日

在归来的途中，当地一位姓李的猎人请我们到他家里去休息，他用茶和肉款待我们，他是这个河谷中拥有土地的地主。在他的家里，我们发现一张黑白毛皮，看上去相当长，这是一种非常奇特的动物。猎人告诉我，我肯定不久就会获得这种动物，它肯定是科学上一个有趣的新种。

1869年3月23日

猎人出去两天后今天返回，他给我捉到一只幼期白熊，然而遗憾的是他们把它杀死了以便携带。他们以十分昂贵的价格把这只幼体白熊卖给我，它除了四肢、耳和眼圈是黑色的外，其余部分都呈白色，其毛皮同我那天在姓李的猎人家中见到的那张成年的毛皮颜色相同。因此，这肯定是熊的一个新种，它之所以奇特不仅因为其毛色，而且因为其掌下有许多毛……

1869年4月1日

他们又给我带回一只白熊，告诉我这是一只完全成年的个体。它的颜色与那只我已经得到的幼体白熊完全相同，黑色不那么黑，白色更脏污一些。这些动物的头很大，吻短圆。

戴维神父在4月得到了他想要的大熊猫，不过此时他还不知道自己发现了世界上一个新的伟大的物种。也是4月。那么或许明天我就可以见到大熊猫了。

第二天一早，我们继续沿秀水沟前行，没多久，就发现了大熊猫新鲜的粪便，20团左右。粪便纤维较粗，可见咀嚼能力很强，有可能是一只成年熊猫。可是我们跟踪粪便的踪迹，从上午到下午4点，仍然一无所获。

这样走了三里地，我们准备趁天黑之前返回营地，忽然从山坡下方的河谷传来动物的哼哼声，又响起了一阵类似羊叫的咩咩声。声音响亮。

我心中窃喜，抓住加尔比恩："找到了，大熊猫就在我们附近！"

我们俩沿着声音传来的方向慢慢前进，在靠近河谷的一棵云杉树上，一只两岁左右的大熊猫正躲在树冠的小枝上哀吟，而树冠中间是一只体格更加壮硕的成年大熊猫。成年大熊猫由于体重较重，无法追上树梢，彼此正在对峙。激动的加尔比恩掏出背包里的录像机开始拍摄，瑟缩着的幼年大熊猫又呻吟起来，悲伤的声音传遍了整个山谷。几分钟后，它又再次呻吟。成年大熊猫慢慢退下树来，一条腿先着地，另一条腿随之滑了下来，扯下一大片树皮，消失在竹林里，放过了可怜的幼年大熊猫。受欺负的幼年大熊猫摆脱了成年大熊猫后，不再战战兢兢，转而紧靠树干，无视寒冷的夜幕降临，静静地留在原处。

两只大熊猫早已消失在镜头中，加尔比恩还没有关闭录像机。他仿佛惊呆了一般，叹道："上帝，太美了！我一定要拥有如此美丽的生物！"

（3）科研队进驻秀水沟

我知道加尔比恩这个人，作为一个冒险家和投机客，他说到的话就一定会做到。

26日，我们来到山下猎人李明富的家，提出我们想要一只大熊猫。他想了一会儿，要了900块。这是当地一个农民全年的纯收入。加尔比恩要求要活体的大熊猫，那些猎人们就兴高采烈地忙活去了。

我们回到营地，搬出投影仪，开始用录像机放我们以前的资料。岁月寂静，不知不觉，我又到中国一个多月了。

时间是1916年，距离戴维神父发现大熊猫已经47年过去了。加尔比恩第一次和我爆发了争吵。他要把这只熊猫运回法国。我认为，大熊猫经过了几百万年的进化选择，最终选择了中国的四川作为自己的常居生存环境，应该遵循自然规律的选择，让它们留在家乡。

加尔比恩说，让更多的人认识这个新的物种，也是对人类的贡献。我们俩不欢而散，各自睡去。录像机里熊猫的影子像在放默片，无声地印证着山野的荒凉。那是曾经被捕获的熊猫在德国展出时的一些影像。

一看到美丽的东西，就想据为己有，这是人类的通病，当然也可说是人类的冒险精神。可是自然会以它的方式对人进行惩罚，只是人类通常比较自大，以为可以靠一己之力改变那早已在这个星球上运行千年万年的规律。

第二天，我还在睡梦中，却被加尔比恩用脚踹醒，他神色诡异。我顺着他的目光往前看去，一只毛色光亮的大熊猫正专注地看着我们的投影，上面正在播放那只在德国参加展出的熊猫的特写。这只熊猫名叫威廉，德国人把它带出中国后，经过专业的技能训练，已经在各地演出，现在已是声名大振。

秀水沟开始热闹起来，4月桐花开时，穆坪镇的朱镇长和野牛村的村长田成壮一起带来了世界自然基金会的女记者吴子墨。吴子墨的个子挺高，皮肤白皙，戴着一副眼镜，说话细声细气。虽然野牛村的村民已经习惯过一段时间就有陌生人来到穆坪镇，但对于这么热闹的阵势还是感到诧异。同时，胡教授的科研小组来到宝兴，法国的，德国的专家团队都来了。

胡教授，大家一来就这么叫他。他黝黑的面孔，中等身材，一看就是在野外长期工作的人。在欢迎会上，胡教授介绍说，自己的专业本来是脊椎动物学，可是国家大熊猫研究缺人才，自己作为生在新中国，长在红旗下的一代新人，只有服从祖国的需要。不过，他自己是很喜欢大熊猫的，作为动物研究的一个分支，以前的研究方法也仍然可以用得上，他希望他的研究团队的活动不要给当地老百姓的生活造成困扰，也感谢当地政府的大力支持。

这个亲切随和的教授给当地村民留下了很好的印象，他们都热情地邀请他们住到自己家里去，最后胡教授还是选择了在秀水沟搭建了几间木头房子，和他的学生们搬到了这个临时营地里去。

吴子墨说，自己是《京华时报》的记者，但跟踪国内和国外的大熊猫研究已好几年。她在瑞士采访世界自然基金会主席的时候，曾经提问主席，问他是否对中国的大熊猫有关注，作为全世界最为关注野生动物的组织，也许应该对中国这个新发现不久的物种有更多的了解。经过近一年向世界自然基金会的汇报与争取，吴子墨终于拿到世界自然基金会的资金支持，来到中国四川地区采访，目的是跟随政府的科研小组，了解野生大熊的种群分布状况和生存情况，以便为世界自然基金会进一步保护大熊猫提供情况参考。

县里分管农业的副县长和朱镇长分别代表县政府和镇政府致了词，表示宝兴和穆坪都非常欢迎吴记者和专家组的到来，他们将为吴记者和胡教授的专家组提供尽可能的支持和做好当地的协调工作。

宝兴和小金、美姑县境内都有大量的藏族聚居，穆坪和硗碛则主要是藏乡,吴子墨由村长安排到一家叫张育秀的农妇家中居住。张育秀是汉族,丈夫已经去世,只有一个女儿玲玲。张育秀给吴子墨腾出了两间房子,一间用作卧室,一间用来摆放她从北京带过来的书籍。吴子墨看屋子收拾得干净整洁,当晚就把随身物品搬了进去。

　　吴子墨熟悉了这片山林。那山中草木散发的清香使人迷醉。珙桐花开了,上千年也就那么开着,白云在深山里荡来荡去,上千年也就那么荡着。松树一直绿着,上千年也就这么绿着。黄昏时,山中异常寂静,连松鼠从树干上往下溜的声音都听得见。这天,她信步在房子后面走着。走了一小会儿,她听见身后有窸窸窣窣的响声,等她转身一看,又没见什么活物。她还以为是玲玲悄悄跟在她身后调皮,她叫了几声,也并不见应答。她又留心看了下草丛中的痕迹,却仍然不知所以。可一看草丛的动静还很大,她转身趴下来,想观察一下这是何方神圣。她慢慢地扒开草丛,一个白白的脊背正对着她,两只黑黑的爪子正在啃食玉米棒子,好家伙,一只大熊猫。她不由得屏住了呼吸,只见大熊猫吃了一会儿玉米棒子,就转过来,它看见了吴子墨,睁着圆圆的眼睛就跟她那么对视了一会儿,好像在说:"咦,你怎么在这里?现在我吃完玉米棒子要回家咯,你也早点回去吧。"吴子墨这才反应过来,她拿出随身携带的相机，按下了快门，记录下了这珍贵的瞬间。多年以后，她也是凭着这张照片终于和珍妮相认。

在报社工作3年后，吴子墨因为一个偶然的因素看到四川大熊猫的消息，报道中说，目前人们对这史前生物的重要性还认知不足，这些美丽的生物正遭到疯狂的猎杀，一些外国人试图把这些大块头生物运往国外。吴子墨和世界自然基金会的比尔在工作中有接触，此后的几年，她有意识地搜集了大熊猫的相关资料，愈发觉得这是一个不错的专题。报社也通过了她这一选题，和当地政府衔接好后，她就马上来到了宝兴。

当地藏族住房多建于向阳高地靠近水源处，以石块或夯土筑墙，平顶多窗；也有一些山地牧民住帐篷，如果要赶集或去镇上买东西，他们多会使用牦牛和马。他们的饮食和汉人多有不同，主要吃糌粑（用炒熟的青稞或豌豆磨的面粉），喜欢酥油茶、青稞酒，也喜欢吃风干的牛羊肉。

吴子墨发现，村子里的人差不多每周都要去一次附近的喇嘛庙，藏民族有着自己的神祇。男女服饰特点是长袖、宽腰、大襟。妇女冬天穿长袖长袍，夏穿无袖长袍，里面穿有彩色的衬衣。随身戴着很多串彩色的珠串，头上扎有很多小辫子，辫子中间也装饰有很多彩色的珠子。他们很喜欢一种雪白的织品"哈达"，一般宽约二三十厘米，长约一至两米，用纱或丝绸织成，每有喜庆之事，或远客来临，或送行远别，把它看作是珍贵的礼品致意。

他们还有自己的藏历新年，在藏历十二月二十九晚上要吃年夜饭，他们叫"古突"，即9种食材组成的面疙瘩。9种食材里面有盐巴、羊毛、辣椒、木炭等等，各种食材有不同的寓意。吃完"古突"后，还要举行隆重的驱鬼仪式，寓意是赶走一年不吉利的东西，祈福来年好运。

野牛村有一大部分居民都是藏民，汉族只有二十来户人家。而且大多是从外地搬迁来的。

此时正是1960年的中国，伟大的时代还处在萌芽时代。多灾多难的中国百废待兴。大熊猫作为动物进化史上的一个奇迹，还藏在深山无人问。中国大熊猫为世界所熟知，是后来中国赠送给美国一对大熊猫当国礼，轰动了世界，日、法、英等国领导人相继访华，以能得到中国馈赠的大熊猫为最高的政治礼遇，由此在世界范围内掀起了大熊猫热。但在20世纪五六十年代，年轻的中国刚刚在东方立足，还处在大力发展社会主义经济的初期，国家要照顾的事情太多。大熊猫的保护还未得到全面重视，所以中国的大熊猫，是典型的墙内开花墙外香，许多国外的动物专家，各种民间组织人员，陆续来到中国，希望近距离地接触到这一新的物种。

  德国专家汉斯也是此时来到中国，汉斯一来，就与胡教授投入到宝兴的大熊猫研究中，外来的专家也带来了一些先进的研究方法和技术手段。不过这些在中国大熊猫的研究上自然遭遇了水土不服，还给大熊猫种群带来了不小的损失，而可亲可敬的胡教授也因此蒙受了不白之冤。当然这些都是后话了，现在夹金山夹金河秀水沟一带反正是各路人马聚集，目标只有一个，大熊猫。

（4）憧憬

我也没有想到我会与这个国家巨大的变革联系在一起。我的哥哥兵兵，可以称得上一个鲁莽之徒，他的全部注意力，就是去各个山头寻找块头和力气比他大的大熊猫下战书，他要证明，他是熊猫家族最有力量的熊猫，好战的基因使得它全身经常带有大大小小的伤痕。不过有句话说得好，伤疤是男人的勋章，对于他的所作所为，我妈倒还颇为赞赏地说："就当锻炼身体好了。"

所以当兵兵看到人类欺负欢欢时，以为自己能够拯救这个世界，他自然不知道，人类是这个世界最复杂的物种之一。他们力气不如一只熊，视力不如一只鹰，游泳不如一条鱼，跑不过一只狮子，身高不如长颈鹿，体重不如大象，却统治了这个世界。我虽然不知其中的奥妙，但知道他们有自己独特的方式控制很多生物。

对于人类来说，他们有探索未知世界的天性。从月球到地球，从深海到高山之巅，从此物种到彼物种，从自身到跨界，无穷无尽的奥秘都等着他们去一一揭开，所以当大熊猫这样一个全新物种进入人类视野，我们之间一场纠缠不清的缘分就已拉开了帷幕。

大熊猫进入人类世界没几年，就引起了世界的注意，当然也引起世界自然基金会的注意。世界自然基金会（WWF）是在全球享有盛誉的、最大的独立性非政府环境保护组织之一。自1961年成立以来，WWF一直致力于环保事业，在全世界拥有超过500万支持者和超过100个国家参与的项目网络。WWF致力于保护世界生物多样性及生物的生存环境，所有的努力都旨在减少人类对这些生物及其生存环境的影响。

巧的是，世界自然基金会的会徽也是大熊猫。在香港曾经有记者问世界自然基金会："你们用大熊猫作标志，为什么不与中国联系合作研究大熊猫？"所以也是机缘巧合，吴子墨到达宝兴的同期，世界自然基金会的考察特使比尔也悄悄来到了中国。

穆坪镇朱镇长在野牛村设宴款待两位贵客。朱镇长现在的日常工作除了在农忙季节组织农民抢种抢收，就是接待各种各样的来客。不过来的人虽多，但彼此间并无交集，都是你干你的，我干我的。

席间比尔得知美国斯密桑林研究院也计划与中国合作研究大熊猫，并且已得到中国政府原则上的同意。比尔非常着急，连夜返回县城，第二天就把合作计划交到了县政府。

县政府也挺高效，当即向省政府做了汇报，但就如何合作的问题提了6点意见，比尔无法现场作答，决定返回瑞典总部汇报。至此，虽然世界自然基金会和中国的合作八字还没一撇，但也算埋下了草蛇灰线的伏笔。

吴子墨听说野牛村有一位雍老伯是研究大熊猫的土专家，便立即请求向导带自己前往。

没想到一见面，雍老伯就语出惊人——

"我养过一只大熊猫。有天夜里，当时我和老伴还有6岁的孙子，晚上吃完玉米糊，又喂了猪，就早早地睡下了。到了半夜，忽然厨房里传来响动，我们拿上手电，起床一看，好家伙，一只大耳朵大熊猫穿过虚掩的猪圈门，循着香味跑到食堂来觅食了。它把我们晚饭剩下的玉米糊糊吃了个精光，正在用舌头舔盆子。吃完之后它又慢慢地走了。"

后来我和老伴想可不能怠慢这位贵客。第二天我们熬了一大盆南瓜粥，晚上9点多，昨晚的那只大熊猫又来了，吃完了南瓜粥，还吃了我们挂在灶台上的腊肉。这么喂了半个月，这只大熊猫像是跟我们很熟悉了，吃完之后就在屋里踱来踱去。有一天，我的孙子醒来，发现身边睡着一只毛茸茸的大熊猫！"

吴子墨听得入了迷："后来呢？"

雍老伯说："后来野牛村就热闹了，大家天天排队过来看熊猫。但大熊猫这么吃下去，我们一家子的口粮就会被吃完，我就报告了村上，村上又报告了县里。第二天县里就来了很多领导和专家。县里指示，一定要保护好这只大熊猫，防止有人偷猎。大熊猫的口粮由县里拨给专款，以前吃了的粮食也由县里给予补偿。县里还奖励我两百块钱，说是保护大熊猫的奖励。"

"那只大熊猫现在在哪里？"

雍老伯的神色一下子黯淡下来：“本来那只熊猫和我们已经很熟悉，它不但每天晚上来，有时候白天都来。吃玉米棒子，吃蔬菜，有时就在我家门前的树上玩。因为它身上黑色的毛发较多，我们还给它取了一个名字，黑蛮子。可是两个月后，有一天晚上它突然没来。那天一夜我们都没睡，侧起耳朵等它。第二天也没来，第三天也没来。我们还顺着它的脚印和粪便进行了寻找，怎么也没有找到，它就这么消失了。"

"那你现在见到那只大熊猫还能认出它吗？"

雍老伯眼睛一亮：“那当然，我还摸过它，它长什么样化成灰我也认得，而且我觉得它也认得我。可惜——"他叹了一声，"也许我和它就只有那么一点缘分吧。"

吴子墨怅然若失。

5月5日，胡教授要带领他的二十几个学生去卧龙考察，吴子墨决定和他们同行。

李龙龙身上的黑色特别大块,只有肚皮和肘子的部分是白色的。如果他远远地隐藏在树叶和草丛中间,你几乎很难发现他,所以他常常偷袭他的敌人。我认识的熊猫当中,也只有他的胆子最大,他常常跑到村子的最里面去,吃山里人准备过冬的肉和南瓜。最近山上越来越吵,他炫耀地说,这下他再也不怕冬天了。每天夜里都有甜食管够,还能睡得更暖和。冬季对我们来说的确有点难熬,大雪一来,很多竹子冻死,竹笋也没有。我们得每天长时间地跋涉跑去觅食,河流也结了厚厚的冰,水源也特别难找。我们是不吃积雪和冰的。

李龙龙保守着它的秘密,这样显得他比别人更有魅力。我一直讨厌他故弄玄虚的样子,但此时我也说不得他,因为我心里也藏着一个秘密。

我们家族的战神兵兵最近因为找不到人打架显得郁郁寡欢。挺奇怪的是,他虽然到处打架,却并不树敌,因为他内心其实是一个单纯少年,被人打败,他高兴有新的对手;打败别人,他高兴证明了自己。经过几年的切磋,附近几个山头已经没有他打不过的对手了。所以他想离家远点,去外面看看。但他的这个想法遭到了我妈妈的呵斥,所以最近他几乎就在山林附近转悠，带着我的小妹欢欢。

冬天来了，因为食物和水源难找，爸妈已经不让大家大范围活动，没事就在家睡觉，好保存体力。但这并不能约束兵兵和我，李龙龙的行踪也没有改变，还是天天来我们家。多年以后，我在想，我生活中最大的变化不过是山中季节更替，用七色花瓣预测李龙龙来还是不来，我还不知道，那已是最好的状态。那天我沿着草金坡慢慢往下走。发现那边有一个帐篷，我想那是人类的帐篷。如果运气好的话，也许能在里面发现食物。

我观察了一会儿，没有炊烟，也没有火，那么里面的人应该是暂时离开了。我慢慢地走近帐篷，还没发现食物，却发现了另一只大熊猫。那只熊猫躲在一台机器里，那只熊猫去过我从未去过也从未听过的地方。很多人围过来采访他，摸他，大家都很喜欢他。

他说："或许你应该这样度过一生——当年华老去，你没有因碌碌无为悔恨，也没有因年华虚度而懊恼。趁你年轻，多去经历，看外面的世界，哪怕苦痛，哪怕折磨，也好过一潭死水的生活。"说着，他潇洒地啃了一口士力架。

我站了好一阵子，他这一段话在我耳边循环了3遍。我试着问他一些外面的世界的样子，可他只自顾自说着，听不见我的问题。

我忘记了寻找食物。他所说的、所过的生活,打败了我自以为的美好。

我慢慢回到家,再看只知傻吃的李龙龙,只知打架的哥哥,为平平庸庸的爸妈,感到了一阵深深的疲倦。可是,那个外面的世界,在哪儿呢?难道世界上还有比夹金山更高的山,比秀水沟更长的河,比草金坡更广阔的山坡?

不过我也想起了妈妈明亮对我的告诫:孩子,千万要离人类远点。不过在没有实际的恐惧之前,我也想不出有什么可怕之处,他们不会比狼更可怕吧。据我妈妈说,一只狼曾经吃掉了我们家族的两个小孩。

（5）偶遇

5月22日，胡教授的队伍出发了。除助理曾明和记者吴子墨外，还有两名向导和14个学生，其中一个向导正是雍老伯。整个考察时间预计3个月。路线图为：天全—小金—美菇—平武—阿坝—宝兴。

胡教授在自己的大学里还带着一个研究生班，这次他挑选了一些学生参与到这次的实践考察中，研一学生曾明请缨进入考察组中来。由于他是第一次参加这种野外考察，所以很兴奋，主动承担了标本制作工作。同行的学生中，只有他还未见过真正的大熊猫。

比尔本来也想参与这次考察，但他把世界自然基金会对大熊猫保护拟援助的一些初稿计划交给县政府后，经过双方对一些问题的讨论，对援助计划还存在巨大分歧，他只好先行返回瑞典总部汇报情况，所以没能成行。

队伍带着两个特大帐篷，一口大铁锅，一罐煤油，每个人拿着一只手电筒，食材只随身带很少的一点，只好在当地购买或采挖野菜，柴火只有就地取材。

考察组的主要任务是统计上述各县的大熊猫数量，以及种群的地域分布，了解野生大熊猫的生活习性，为政府建立大熊猫自然保护基地提供决策参考。没有资金支持，大熊猫自然保护区的工作根本无法提上议事日程，当地老百姓的生计全靠这片山，建了保护区，不让打猎，不让伐木，连山上的一草一木都不让随便碰，那让老百姓怎么活？后续问题怎么处理？还有保护区的基本设施，谁来出资修建，怎么管理？这些事情解决的根本，就是一个钱字。世界自然基金会有的是钱，但它的钱，是专门用于保护珍稀动植物的，大熊猫的发现虽然举世皆惊，但毕竟还没有谁把它和它故乡的详细情况汇报给世界自然基金会，所以胡教授和曾子墨此行的任务还包括提供四川大熊猫的生存现状情况报告，促进与世界自然基金会的合作。

第一天天黑，队伍没能按计划行进到镇上，只好就地宿营。他们把铁锅支起，开始生火煮饭，不一会儿，腊肉的香气冒了出来。

站在篝火旁边，吴子墨感叹道："这么一片林子一片林子地走，大熊猫又躲着人，怎么才能了解它们到底藏在哪里呢？"

"虽然中国的动物研究早已是一门古老的学科，但大熊猫的研究起步却很晚，不要说它们的生活习惯，连如今在中国究竟有多少只大熊猫，他们主要分布在哪些区域我们都还没有搞明白。所以我们用的其实是'笨办法'，就是到大熊猫聚居区去数。"胡教授漫不经心地说道。

"怎么数?"

"根据大熊猫的粪便、竹子的咬痕进行搜山,一片一片竹林走,一个山头一个山头走。"

"那要是一只大熊猫同时在几个山头活动怎么办?"

"这种情况比较少见,大熊猫的习性如果固定下来,基本上只会在这附近活动,它们非常看重自己的'领地',一旦一个熊猫家族确立了自己的领地,别的大熊猫基本都会绕道走。当然也不排除个别家族进行联姻,但即使这样,它们多个家族群居的可能性也极其少见。"

"看样子大熊猫很绅士,不轻易干涉别人,也不让别人轻易踏入自己的领地。"吴子墨赞许道。

"其实每种动物都有领地意识,各个物种之间虽生活习性和'语言'完全不同,但身处生物链上的生物对其他物种有时怀有一种本能的'尊重'。一方面是弱肉强食的丛林法则,一方面是互不干扰的相安无事,大自然就这样维持着奇妙的规律。"

曾明插话说,自己在生物系念本科时,就一直对大熊猫有浓厚的兴趣,所以考研直接选了动物学专业。胡教授其实以前的研究方向是脊椎动物学,并且在自己的研究领域小有成就,这次可以说是临危受命,上级要求他改变研究方向,他从非常熟悉的领域转向了大熊猫研究,一干就是十几年。

胡教授谦虚道:"其实没有什么临危受命,人和动物一样,都是适者生存,当外部环境不利于自己的时候,动物会选择趋利避害。久而久之,甚至改变自己最初的基因选择,向自然妥协,目的只有一个,那就是活下去。比如大熊猫一开始体型硕大,是食肉动物,后来经历了几次大的变迁,比它个头大得多的食肉动物恐龙都灭绝了,大熊猫却经过日复一日的变异,个头变小,从食肉动物变成了食草动物,而且专吃别的动物很少吃的竹子。"

曾明和吴子墨都笑了,教授真是三句话不离本行。

胡教授又说:"不过我现在依然随时在看以前的专业书籍,其实很多研究方法是可以给今天的大熊猫研究带来启迪的。哎,一个人骨子里的基因总是会留下痕迹的,就像大熊猫一样,现在虽然主要吃竹子,但偶尔也还会吃肉。你们看,刚才我们烤好的腊肉呢?"

吴子墨和曾明不约而同地向身后看,果然,放在草地上的几块腊肉已不见了。

吴子墨不禁想起了她第一次遇见那只大熊猫的情景,原来大熊猫真的很亲近人类,它们是那样天真,根本不知道靠近人类就是靠近危险。

曾明则差点捶胸顿足:"明明可以亲眼目睹大熊猫,机会再一次溜走了。"

此次德国专家和法国专家来到中国,其实也是为了和胡教授一起探索大熊猫的野外生存环境和人工繁殖的课题。而且德国专家提出,为了更好地了解大熊猫的行踪和活动习性,必须诱捕一些大熊猫。

诱捕大熊猫的过程算不得人道。先是在大熊猫出没的路段每隔十米左右设置一些陷阱,陷阱里有削尖了的竹片,大熊猫掉进去受了伤,就没能力逃跑了。还有就是在树上树下放置脚套,大熊猫不是喜欢爬树嘛,只要它爬树的时候踩上脚套,就只能乖乖就范。

吴子墨想到了沿途一些区域看到的脚套。脚套是一种类似捕鼠夹的工具。在脚套的附近放置一些大熊猫爱吃的苹果和玉米,大熊猫经过的时候往往是前肢被夹住,不能挣脱。她还想起了在一些村民家里看到的熊皮和熊掌。

这种从远古时代起,经过数百万年的变迁,仍然存在于地球上的物种,并没有被郑重对待。研究方法简单粗暴,狩猎肆意蔓延,它们会不会最终灭绝于人类之手?大熊猫由于发情期极短,导致繁殖力低下,由于幼仔体型极小,存活率很低，如果人类不加干预，它的种群数量将急剧减少。

吴子墨决定把这些情况写进自己的采访笔录里。那么，那只曾被雍老伯喂养过的大熊猫，有没有可能在这样的诱捕或狩猎中消失了呢？她带着疑惑，继续跟着考察队伍上路了。

考察队伍行进在与宝兴南面相邻的天全县的密林中，向导雍老伯和几个村民带着大镰刀在前面开路。功夫不负有心人，一路上不停地发现大熊猫的新鲜粪便，每发现一团粪便，胡教授便带着他的学生称重，分析粪便中纤维素的含量，以及根据路边被吃过的竹子的咬痕，来分析大熊猫的体重和年龄。从今天的情况来看，被咬过的竹子切口整齐，吃的也是竹子的中部，在此地活动的应该是一只健康的成年大熊猫。不过从脚印的一深一浅上来判断，这只大熊猫应该足部受伤了。上午10点左右，只听走在前面的雍老伯小声叫了一声："黑蛮子？"

大家循声前往，只见前方200米远的林中，有一只除了腹部、头部和前肘部分的毛发有点白色以外，几乎是全黑，体重约有200公斤左右的成年大熊猫正背对我们坐着。前肢握着一块像竹笋的东西，专心地啃着，根本没注意到大队人马的到来。

大家虽然十分激动，但不敢惊动它，只得原地休息下来，静静地观察。约摸过了10分钟,只见它慢慢地站起来,一瘸一拐地往山下的溪边走,大概是去找水喝。它的一条腿上,还残留着脚套的链子。

吴子墨转头看着雍老伯,此时他神情沮丧:"没错,它就是黑蛮子,可是有人害了它!有人给它下套子,它肯定拼死挣脱了。我知道,这个家伙力气大得很,没想到它从宝兴跑了这么远,它再也不会相信人了。"

自从初识那只熊猫,吴子墨顺着它走的路径走过好几次,却再也没有见过它。今天见的这只大熊猫,体格比上次的那个大,它们是属于不同的种群还是一个家族?人真的能和野生大熊猫和睦相处,甚至还能喂养它们?大熊猫身上藏着多少秘密呢?

（6）猎人的收获

加尔比恩和村里的猎人谈好了价格，他们连比带划谈了好半天，最后讲定是900元一只。猎人带了3个同伴，据说即使抓到了大熊猫，要抬活的回来，有可能6个人也不够，因此他找的全部是有经验的猎人，他们曾经猎杀过300斤重的野猪。

同时，加尔比恩对曾经来过营地的那只熊猫念念不忘。他试图想办法引诱它来。我没有告诉他我已经看见过另外两只熊猫，我不确定他做的事是否正确。

他专心致志地准备苹果、糖果、面包，还有一些煮熟的肉。不过此时已是春夏之交，竹子长得十分茂盛，大熊猫的食物很丰足，他们有时一天的活动范围也不过几百米，很少会接近人类的营地。

当然，他也准备了脚套，在路上挖好了陷阱，把竹子削得尖尖的埋在路上，有动物经过的时候会因受伤，而被逮捕。

猎人出去3天了，没有任何消息。

第4天中午，我听见加尔比恩兴奋的声音传来。我跑出帐篷一看，不是猎人，是一只野兔掉进了陷阱。

经过的村民疑惑地看着加尔比恩，他们注意到了那些脚套。

他们对加尔比恩说:"大熊猫是不能被猎杀的,它们是宝贝。"

加尔比恩说:"我们只是要抓一些兔子和獐子,用来补充能量。我们已经快饿死了。"

我今天决定独自去神木垒和东拉大峡谷。其实我最初来到中国,只是为了能够看到这片土地上的大好风光,民情风俗,却在来到中国的首站就与大熊猫结缘。但位于中国西南地区的四川,山川险峻,许多奇特的美景藏身其中,让我叹为观止。

神木垒在藏语中意为"神仙居住的地方",景色极其秀美,也是当地居民心中的神山。或许等我从神木垒回来之后,加尔比恩就能得到他想要的,好像这件事情就与我无关似的。

我刚收拾好行装,还没出发,猎人们就回来了,这次他们带来了一只体型较小的熊猫。

加尔比恩不知有多高兴。但这只熊猫受了重伤,猎人们把它捆得太紧。腹部被猎枪击中,血流不止,不停呻吟。猎人们可不管大熊猫的死活,他们急急地找加尔比恩要钱,拿到钱,他们就喊着号子回家了。

我们赶紧把大熊猫的绳子解开,把它平放在一张大毯子上,拿出医药箱,给它的伤口消毒,缠上纱布。它大概挣扎了一天，再也没有力气，任由我们摆布。加尔比恩拿来新鲜的竹子，它看也不看；又拿来泉水给它喝，它也不喝。

一夜过去，这只大熊猫更加衰弱。这个时候要想把它运回法国，基本上是不可能的，但加尔比恩马上去电，要求他在中国做生意的朋友为我们提供帮助。

我守在大熊猫的面前，看样子它只有两岁。它看着我的眼睛，好像在说，把我放了，我要回家，我要回到我妈妈身边去。我试着去摸它的头，此时它太像无助的婴儿。

加尔比恩在找船，他想通过水路，把这只大熊猫先运回上海，然后从上海运回法国。

船还没有找到，这只个头小小的大熊猫已经死了。

（7）欢欢失踪

欢欢失踪了。

她本来一直跟在我妈妈身后。今天我妈妈带她去采野菜，除了吃竹子，有时我们也会采一些新鲜野菜当晚餐，毕竟晚上出去觅食不太方便。这天和往常一样，它跟妈妈出门去，在路上发现了一些彩色的蘑菇，然后就走丢了。

我妈妈不知道发生了什么，满世界疯狂地找它。李龙龙和王小妮也来了，以前我们家族也常有成员失踪，难道厄运再次袭来？

欢欢虽然还没长大，但她对我很有感情。我对拒绝她跟我一起玩耍感到十分内疚。李龙龙也无法安慰我，失去家人的悲伤令人疯狂。我妈妈已经两天没有吃东西了，我的爸爸和兵兵正在到处寻找欢欢，他们都认为一定是豺，因为他们发现了欢欢的毛发和血迹。

我也不知道自己怎么了，像被机器里的那只熊猫下了蛊，虽然为欢欢的失踪感到难过，尽管人们为这事情担忧不已，我却有些思绪游离，我还在想着那只熊猫说过的话。我执着地相信，他看过的世界才是我将来的方向。当然此时我还不知道命运埋下的伏笔，我的家族的命运将因我而改变。

我心里的渴望仍然没有消失，我还惦记着机器里的那只熊猫。家里一片混乱，我悲伤的妈妈也无暇顾及我。我又一次来到草金坡，我在想能不能再一次遇见那只熊猫呢。我沿着妹妹经常走的路一路搜寻着，我想她是遇见猎人了吧，李龙龙就是在猎人下的套上受了伤，到现在还瘸着一条腿。可是我们不是常常吃人类投喂的水果和蔬菜吗，有一次我甚至还喝到了牛奶。他们对我们很友好。哎，我实在想不通复杂的人类。

我站在山坡上望着我所居住的地方，在连绵不绝的绯红色的杜鹃花衬托下，冷杉和松树显得更加碧绿，拖着长翅膀的野鸡尖叫着飞过，松鼠在自由自在地玩耍。夕阳照过来，给一切都镀上了一层金色的光辉。

多年之后，我在巴黎，在纽约，在很多次的梦里，回想起这一瞬间，禁不住热泪盈眶。

但此刻，我却被那炫目的镀着光芒的远方给迷惑住了，只一心想摆脱身后的这个世界，这片养育我的山林，哪怕这里有给予我温暖和力量的亲情。其实我们对于一切宝贵的东西都是后知后觉，因为在当时看起来好像不花代价就能获得，比如清新的空气、干净的水和无所保留的爱。

我所向往的远方没有等到多久就向我招手了，当我徘徊在那个帐篷旁边时，我掉进了陷阱，被两个法国人抓住，先是被送往教堂疗伤，然后在一个笼子里被汽车运往上海，最后来到了一个我完全不熟悉的地方。

珍珍失踪3天后，吴子墨和考察队发现了一只幼体大熊猫的尸体。这明显是被猎杀的大熊猫。因为它的脖子上有绳子的勒痕，腹部中了一枪。

这不像猎人的行为。死掉的大熊猫，他们会剥下它的皮，皮就作为战利品挂在堂屋中央，熊掌会被送到山下卖掉。肉呢，不用说呢，会被煮来吃，全家都会饱餐一顿。吃剩下的会被制成腌肉风干。当地流行一种说法，吃熊心豹子胆可以让人身体强壮，百毒不侵，所以，熊的内脏常常被用来泡酒喝。

她想起了那两个行踪诡秘的法国人。他们带有望远镜，常在秀水沟一带活动。上次考察队在王朗好像也看见过他们。个子高的去过村民的家里，他们好像也用捕兽夹抓过野兔。没事他们就居住在村里的教堂里。这几年，传教士一直在宝兴附近活动，他们大多数身上背着一个布包，里面是几本福音书或者圣经，吃住都非常简朴。她问过朱镇长，他们两人的身份是法国生物学会会员，专门到山区采集植物样本。传教士的工作只要不影响当地的社会治安，政府是不会过多干涉的。而且在贫困的山村，部分传教士还分担了一些扶贫工作，他们多是私人募资，为当地村民提供一些帮助。也有部分传教士喜欢研究当地的风土人情，或者对动物植物好奇，随身带着笔记本，不时写写画画。最近一些年，随着大熊猫逐渐为世人所知，除了传教士，也有很多生物学家来到了宝兴，他们来自各种各样的组织。

这两位法国生物学家行踪颇为诡秘，他们穿着防水防晒的野外迷彩服，带着军用水壶，更像是登山爱好者。最奇怪的是，他们并不与同行沟通，都是自己在村庄里寻找向导，独自在深山里穿梭。这些人不会有什么勾当吧？吴子墨心下虽有些疑惑，不过没有什么证据，也不好胡乱猜疑，她围着这具大熊猫尸体从不同角度拍了些照。

自从第一次散步见过那只大熊猫，吴子墨没有再见过它，可是它的眼神和全身白多黑少的外观给她留下了深刻印象。她不时地拿出照片来看，胡教授说，这是一只雌性大熊猫。

胡教授说，其实自己与大熊猫结缘也颇有趣：有一次他在图书馆的一本画册上见过一只大熊猫，当时那只大熊猫受了伤，有点腿跛，而他到达成都动物园时，见到的第一只大熊猫，正是有点跛的大熊猫，连神情都和照片上一模一样。

吴子墨听山里的老人说，有的人在深山里待了一辈子，连一只大熊猫也没见着，有的人就会经常看见。她也不禁觉得神秘起来，也许自己和照片上的这只大熊猫真有什么不解的缘分。

关于那两个神秘的法国人，胡教授说，不与同行合作的方法倒也无可厚非，许多外国专家其实在研究上很瞧不起我们的研究方法，认为中国的比他们的落后。而且大熊猫的研究在中国的确是刚刚起步，我们对于这个新物种可以说一无所知。不过自从法国人戴维率先在宝兴地区发现了大熊猫之后，大熊猫已经引起了全世界关注，这其中，有认认真真做研究的专家，也有很多投机客。其实在国外，早有人比我们先知先觉，知道大熊猫是无价之宝，但国外的同行苦于无法直接观察大熊猫，都想方设法不远万里来到中国近距离接触它们，了解它们的习性。

吴子墨听胡教授这么一说，心想那两个人是法国民间生物学家倒还好，和夏勒这些通过政府途径的外国专家不同，只是自行到此做做研究，怕就怕在他们是胡教授说的后一种，投机客。她虽把到嘴边的怀疑咽了下去，不过也从此多了个心眼观察这两个人。

除了在营地的时间，吴子墨平时一般都住在村民张育秀家里。张育秀丈夫早亡，就剩了她和9岁的女儿玲玲。因为玲玲要到离家12里地的镇上上学，路上还要经过一条小河，张育秀担心孩子的安全。吴子墨每月给她娘俩五块钱生活费，还顺便教玲玲认字，所以张育秀很喜欢这个有文化的记者住在她家里。玲玲更喜欢这个年轻漂亮的阿姨当自己的老师。

吃过晚饭，吴子墨在院子前后走一会儿，玲玲跑来了："阿姨，教我认字好不好？"

"今天玲玲就复习一下往天的字吧，阿姨想事情呢。"

"阿姨在想大熊猫的事情吧？"

"对呀。"

"阿姨在想那只死去的大熊猫吧？"

吴子墨不由一愣："玲玲怎么知道的？"

"我们村子的张二狗说，他爸爸前两天上山打猎，捕到一只熊猫，卖了好多钱。"

张育秀出来呵斥玲玲："不晓得的莫乱说。张二狗他爸经常吹牛，今天打了只老虎，明天打了只豹子的，哪次是真的唻？"

吴子墨来的目的大家都知道。村子里有人因为抓大熊猫的事情被判过刑，张育秀不想惹麻烦。

吴子墨在山下待了两天，刚回到营地，就收到好消息，胡教授和他的学生们又新发现了两只大熊猫，其中一只全身黑白花纹分布得很均匀，一小块一小块的，很独特，他们给它命名为花花。另外一只很亲近人，一看见人就迎上来，所以他们给它取名为迎迎。花花没多久就成了营地的常客,她见人们没有伤害她的意思,很快把这里当做了她的家。她一般白天走,晚上来,一来就睡在帐篷里,吃悬在梁上的重达25公斤重的猪肉,有时躺在大家的床上。而且很快发现了大家藏在储藏室里的甘蔗,常常猫到洞里去取甘蔗,只露出屁股在外面。春天笋子发出来,花花专门绕路到营地附近来吃,吃饱了就睡觉,大家都小心翼翼以免惊扰它。

比起花花,迎迎的性格胆小得多,它爱喝粥,每次喝的时候总要左顾右盼,确定没有危险,才把头伸进盆子里,后来就用双手抓住盆子舔起来。大概她是在远处观察了许久,发现花花那么捣乱和调皮,都没有受到人类的攻击和伤害,才敢放心前来的。当然他也知道花花比他霸道,所以每次都是等花花走了之后才敢过来找吃的。队里的小周和曾明最喜欢花花,每次都要拿甘蔗逗她。

但这其乐融融的局面没有维持多久。德国专家一来,就严禁营员们给大熊猫投食,认为这样会破坏专家组对大熊猫野外生存状态的研究。

曾明很委屈:"我们不但想研究人工喂养,还想研究人工培育呢。这么一点点辅食都取消了,以后大熊猫就更不会亲近人类了。"

（8）珍珍变成了珍妮

经过数个昼夜的长途跋涉，加尔比恩把这只宝贝熊猫带回了巴黎，他的大女儿名叫珍妮，所以，他给这只大熊猫命名为珍妮。

巴黎是什么地方？这是不夜城。这里有世界上最流行的元素，人们留恋在各个娱乐场所醉生梦死。协和广场的啤酒和歌舞通宵达旦，爱丽舍宫里穿梭着来淘金和圆梦的各路英雄。当然你也可能在巴黎圣母院的钟声里猛然惊醒，在咖啡馆里碰见大作家雨果或者乔伊斯。你也可能在乔治五世的酒店里碰见正在创作《追忆似水流年》的普鲁斯特或者来自德国或其他国家的难民。这里可能缺少良知和同情心，但绝不缺少探险精神。

我和加尔比恩不远万里，把一只熊猫，来自古老神秘几乎不为人所知的中国，搞到了巴黎，有多少猎奇的人想来看一看？

加尔比恩把这只大熊猫放在自己的庄园里。他找来了关于大熊猫的所有资料，但这些资料仍旧少得可怜。他只得依照它在家乡的样子，为它准备了一些新鲜的竹子和水果。巴黎的气温很低，他还为它准备了一只恒温箱。

这真是一只漂亮的大熊猫，除了四肢、头部和背部的少量黑色，其余部分的毛发都是白色的，经过长期的雨水冲刷和林间摩擦，她白色的毛发闪着动人的光泽，她那无辜的少女般的眼神真是惹人怜爱。

虽然长达15天的旅程让她显得有些疲惫，可是一旦把她放在这空旷的庄园里，她还是很快适应了过来。她望了望有些陌生的天空，闻了闻陌生的空气，看看新鲜的竹子，又看了看加尔比恩和我，在地上走了一小段路，就坐下来，开始慢慢地吃起竹子来。

周末，我把孩子们接到庄园，他们全都喜欢上了这只毛茸茸的大熊猫，他们也很喜欢珍妮这个名字。

其实，我们不是第一个把熊猫带出中国的。1935年，英国人威廉·哈克尼斯曾经希望能够把活着的大熊猫带回西方。不过他刚到上海，来不及进山，就生病去世，留下了一辈子的遗憾。威廉的妻子露丝为了完成丈夫的遗愿，雇了两个中国人当保镖和翻译，一路来到宝兴。经过4个月的寻找，露丝终于通过向导昆汀找到了一只大熊猫幼仔。露丝给幼仔取名为"苏琳"，给它喂最好的牛奶，吃新鲜的竹叶，夜间还给它盖被子。为了把苏琳带回西方，又怕中国海关不肯放行，露丝在报关单上写了"随身携带哈巴狗一只"，坐上了一艘叫做麦金莱总统号的美国轮船，顺利地到了美国的旧金山。当时正好是圣诞前夕，美国纽约探险家协会还为她们准备了隆重的欢迎仪式。后来苏琳又来到了芝加哥动物园，每天都有很多人来看她，动物园都挤爆了。

露丝也成了名人，因为她是第一个把活着的大熊猫带到西方的人。但是大熊猫这个珍贵的物种，却是第一次踏上法国这块土地。想起我几个月前第一次见她，现在却把它带到这么远的地方，真有一种宿命的神秘之感。我想起我第一次在林中与她对视，她毫无知觉我们会最终带走它。它会顺从这样的安排吗？我不免想起了那只死去的幼体大熊猫——它剧烈地抗争着，全身血迹斑斑，最终惨死了。

我看着熟睡中的珍妮，不知等待她的命运将会如何呢？

巴尔扎克说过：世界上的悲剧有两种，一种是愿望尚未达成，一种是愿望已经达成。

当那一张大网撒向我，当我祈祷着走向另一种命运的时候，究竟我是探索者还是飞蛾扑火的无知的牺牲者？结局并不明朗。

我离家已有一月，我来到了一个崭新的庄园。有时候陌生也是一种安全感。没有李龙龙，没有我爸妈没有我哥，我被这新鲜感所吸引，暂时忘记了过去种种，我反而踏踏实实地睡了一个好觉。

一路上，我见过了波涛汹涌的大海，高耸入云的雪山，无边无际辽阔的草原。虽然都是在铁栅栏的缝隙里见到的，但这对我依然是一个全新的世界。我如愿以偿地离开了家，带着一丝惶恐，更多的是带着对新生活的憧憬。或许我会后悔，可我要趁着年轻，一往无前地勇敢一次。当然这勇敢，或许会带着头破血流的悲壮。但那只熊猫不是说过了吗？人与人之间最大的不同，就在于思想的不同。之前我一直以为自己会在秀水沟终老一生，除了李龙龙，我也不会爱上别人。可是只要我一有了想法，不就真的有了不同的风景吗？只是我并没有意识到，其实我的先祖，也一定流浪过很多地方，流浪之后，历尽千辛万苦，才找到了最终的栖息之地。这些珍贵的流浪生活一定不只是在我的骨头里留下不安分的因子。一定有它更为重大的意义。有句话说得好：当我折腾的时候，我以为这才是生活，其实数年过后，最终的结果终于是折腾不如静止。

我试着来主动适应这被我的主人和我共同慌慌张张改变的生活。虽然长途跋涉给我的身体带来了极大的不适，我还是决定好好地睡一觉，才去想明天的事。

当然，我们都不知道，这一次探险，无意中改变了整个大熊猫家族的命运。

我很快就不会再舒适下去了，他们把我带过来，一定是有自己的目的的，人类对别的生物首先想到的就是利用。没有办法，谁叫他们在主宰这个世界呢。

我离开之后，李龙龙、王小妮、我的父母明亮明月继续承受着属于他们自己的命运。秀水沟、宝兴河这片土地上也发生了巨大的变化，生活在这片土地上的人类和大熊猫的命运又会怎么样呢？我并不知道我走后，在那片土地上，已经发生和将要发生的巨大变化正在等着人类，没有硝烟的战争已经开始了。人和大熊猫一样，有时候自己是没法主宰自己的命运的。

（9）复仇的怒火

加尔比恩和动物园谈好了展出分成。他做了一个更大的铁笼子，从数百里外运来更多新鲜的竹子。他开始在自己的庄园栽种箭竹，可这种生活在中国南方温暖湿润天气里的植物，显然有点水土不服，他试了很多种方法，最后花大价钱搭建了巨大的温室，才让它们一点点存活。而珍妮每天会吃掉20公斤左右的新鲜竹叶和竹笋，加尔比恩每天在珍妮身上花费达15法郎之多。他不在乎，他知道自己在做的事情。为了感谢我，他送了我一匹马，另外说好演出门票我拿两成。

"来自中国的大熊猫珍妮将在巴黎动物园与大家见面"巨幅海报悬挂在百货商场门口、公园大门以及凯旋门前的广场上等等一切人流多的地方。由于场地有限，所有的观光客只接受预订，50法郎一张票。加尔比恩意识到了这是巨大的商机。他冒险家的本质再次展现出来。

不到10天，已有2500人预约了珍妮的展览位。珍妮出场那天，巴黎的媒体悉数到场。加尔比恩带来了大量风景照片，在现场一并展出。

在珍妮出场之前，是动物园例行的马戏表演。以前人们看到马走钢丝、老虎钻火圈这个环节都会爆发出阵阵掌声。

这次人们都焦躁不安，人群不停地发出"我们要看大熊猫"的呼声。加尔比恩出场了，为了吊足人们的胃口，他要求现场的人们把双手圈成圈放在眼睛上，他说，大熊猫天生都戴着眼镜，而我们的珍妮又十分害羞，这样，她才会以为大家都是她的朋友。

珍妮在万众瞩目下出场，她全身几乎雪白的毛发，只有四肢和背部、头部、眼部有几小块黑色，她转了几下身子，目光扫视全场，风华绝代。这是一只天生具有明星气质的熊猫。

珍妮好像很享受这个过程。她任由人们抚摸她、拍照，这个陌生的环境对她倒不是一个大问题。

加尔比恩适时推出了"与珍妮合影"项目，每次两法郎。那天，他放在珍妮旁边的大铁桶堆满了硬币。

演出结束了，更多的人围在动物园久久不愿离去。在巴黎待了半个月，珍妮成了明星，很多人不远千里来看她。加尔比恩决定让她在法国四处巡展。

珍妮不知道，因为她的离开，她的家乡掀起了一场飓风。

对于明月家族来说，接二连三的都是坏消息。

欢欢已经惨死，没有等明亮明月夫妇回过神来，她的尸体都被人类搬走了。李龙龙的脚在夜里觅食时也被捕兽夹夹伤。现在明亮和明月最宝贝的女儿珍珍已消失3天了。

爸爸明亮叫李龙龙带队去珍珍经常玩的地方寻找，李龙龙找遍了苍耳岩和大松树，没有发现珍珍的影子。

从5月14日开始，明亮和李龙龙天天在秀水沟寻找珍珍。他们发现了珍珍的脚印，还有她的毛发，李龙龙在一顶帐篷前闻到了珍珍熟悉的气息。最重要的是他发现了他曾经送给珍珍的红绒球，这是他奶奶留给他的红绒球。李龙龙第二次见到珍珍，就把红绒球送给她了。他不知道爱情应该是什么样的，他只知道，他一看见她就高兴。她一生气他就投降，和她在一起，哪怕只是散散步，哪怕只是并肩躺在草地上不说话，他就觉得生活十分美好。和她分开一小会儿，他就会忍不住想她。有时候他刚刚离开她，才回到自己的家中，因为想起了一句好玩的话，又走两个小时山路过来找她。虽然她常常在他面前使小性子，偶尔也蛮不讲理，但是他知道她是喜欢自己的，只不过，她的喜欢比他的要少一点而已。自从他把红绒球送给她之后，红绒球就成了珍珍的最爱。她白天晚上都把它挂在脖子上，她也常常凝视藏在红绒球中间的绿宝石，她不知道里面为什么发光。可是现在，红绒球却被丢弃在帐篷旁边。

他想起来了，前两天珍珍喝水的时候，有个背照相机的人就在对岸窥视他们，一定是那两个有鬈黄头发、蓝眼睛的人掳走了珍妮。

夜色渐深,珍妮在繁华的巴黎沉沉睡去。明亮爸爸和李龙龙却久久不能成眠。王小妮不知什么时候从竹林中赶来,她默默地给李龙龙递去了一方毛巾。

这种提心吊胆惊心动魄的岁月,不知还要经历多久。平常珍珍老是觉得王小妮啰嗦,王小妮也不喜欢李龙龙老是待在珍珍身边,可这会儿珍珍不见了,王小妮看见李龙龙茶饭不思,又很盼望珍珍回来。她只要李龙龙快乐,李龙龙要她做什么,她都会心甘情愿地去做的,哪怕把自己的幸福拱手交出去,她也不会有半点怨言。是呀,爱一个不爱你的人是肝肠寸断的,可还是无法阻止你去爱,人生就是这样无奈。

过了一个月,山中渐渐暖和,胡教授和助手曾明以及15个同学已经结束了平武美姑宝兴的调查,从美姑返回宝兴的途中,曾明和胡教授欣喜地发现了一只熊猫,当时这只熊猫已经受伤。它每天都经过同一条路去河边喝水,这次这条路上突然被人类堆放了很多荆棘。其实只需稍稍移动几步,它便可以轻松躲过障碍,可是动物的思维定式让它每次都在荆棘中穿行。

奥地利生物学家康拉德·劳伦兹,也是诺贝尔生物学奖获得者,在他的《雁语者》中写了一个故事:有一次他带一只叫玛蒂娜的小雁鹅回家,本来楼梯就在门口,可小雁鹅不知道,就先飞到远处的窗台上,然后才被他引导着上了楼梯。从那以后,每次进屋,玛蒂娜都要先到窗台上绕一圈,然后再上楼,这成了一种仪式。

还有一种动物叫旅鼠,生活在北极地区。也有一种奇怪的思维定式,就是集体蹈海自杀,4年一个周期。第1年,艰苦卓绝,繁衍种群;第2年,再接再厉,走向昌盛;第3年,鼠满为患,毁灭生存条件;第4年集体狂奔,蹈海自杀,成为千古之谜。

可是正因为动物的这种思维定式,才让人类的研究有迹可循。人类通过掌控他们的惯常行为来最终掌控他们的命运。曾明和同学们发现了这只大熊猫的活动轨迹,轻而易举地抓住了它。

曾明叫来村民和同学们,用一个大网子网住熊猫,把它抬回家去治疗,给他取名叫憨憨。憨憨第一夜十分害怕生人,大家给它喂水和新鲜竹叶,他根本不吃。后来曾明想起熊猫爱吃甜食,就用白糖和奶粉用开水调好,盛在盆子里,它慢慢地舔了一点,舔着舔着就爱喝了。曾明又拿出药箱,给它的伤口消毒,用纱布进行了包扎。在科研小组的精心调养之下,憨憨慢慢地好转,开始在院子里走来走去。

只是憨憨不知道，为啥李龙龙老是跟着自己。他认得李龙龙，他跟他打过架，当然没有打过李龙龙。在秀水沟，能打过李龙龙的没有几个。而且李龙龙总是远远地跟着，从来不靠近帐篷和营地。自从李龙龙的脚被夹伤以后，他就很少跑到人类活动的区域去了。憨憨倒不觉得人类可怕，他很喜欢喝他们喂食的牛奶。

当然憨憨最喜欢的还是曾明，它经常用大脑袋蹭曾明，半个月后它就睡到了曾明的床上。大伙都笑憨憨是曾明的床伴。奇怪的是，与花花和迎迎一样，憨憨也喜欢吃甘蔗，也喜欢曾明的被子。

9月是宝兴最美的季节，秀水沟的水变得很绿很绿，东拉大峡谷那层层叠叠的红叶，峡谷中清澈的流水，还有蓝天和白云。红红黄黄的果子挂在各种不知名的树上，金丝猴和松鼠在林间窜来窜去。这一派祥和的景色里，要是没有猎人的枪声，该有多美呀。要是人类不来烦扰大熊猫的领地，他们都可以和平相处。

可惜呀，那一切都不会再回来了，李龙龙心想。是呀，要是大熊猫抢走了人类的亲人，他们也会放火焚烧山林，用木棍用枪，赶走入侵者。己所不欲，勿施于人，这么简单的道理，人类却无视了。

9月也是珍珍离开3个月的日子。虽然他们竭尽全力地寻找，珍珍还是不见了。只是昨夜李龙龙又做了一个梦，他梦见珍珍站在一个光芒万丈的舞台上，对他说："别担心，我迟早会回来的。"

其实李龙龙很早以前就发现了珍珍的变化。或者说，他发现他并不了解她。事情起源于他的一次求婚。他们在一起也不是一天两天了，他邀请珍珍住到夹皮沟去，那里是他的家。

珍珍问："住到那里去干什么？"

李龙龙说："这样你就可以跟我的家人在一起了。"

"然后呢？"

"然后我们生一堆小孩，你负责照顾他们，也顺便照顾我的爸妈。"

"再然后呢？"

李龙龙不解其意："再然后，当然是孩子大了，我们也老了。所有的大熊猫不都这么过来的嘛。"

他没有离开过夹金山，当然跟着爸爸逃难的时候去过王朗。但是，很快他们又回来了，待在熟悉的领地有一种安全感。他爸爸常常给他们讲家族里的一些故事，有些大熊猫以为外面的世界很精彩，常常逃离父母和家族所在的领地，最后再也没有回来。有的不明不白地死在异乡，有的死在回家的路上。

他虽不是胆小的人,可是觉得爸爸说得很对,人没必要跟自己的执念死磕,不管你走过多远的路,对你最重要的、最亲的人还是那几个。只要能跟所爱的人在一起,在哪儿都可以是家。再说了,外面的世界再精彩,我只想要珍珍,那些多余的东西对我们的生活有什么帮助呢。逃离故乡去流浪,本就是一条充满荆棘的路,谁知道未来会怎样?

当时珍珍叹了一口气,既没有说行,也没有说不行。她跟在他的身后,慢慢走回了家。

路上她自言自语地说了句:"如果没有看过外面的世界就死掉的话,能不能称得上无悔呢?"

李龙龙很想留住珍珍。但当一个人一心想着外面的世界的时候,她身边再有情感也只是荒草枯木。就像一个一心想要炫技铺陈的写作者你却让他用传统方法叙事的荒诞一样,珍珍感到了深深的束缚,而李龙龙则感到了无力。

他喜欢每天去草金坡刷卡吃竹子,打滚玩老鼠的生活。他能看到珍珍圆圆的脑袋胖乎乎的手,再生活一些日子,他或许能和她在一起生几只小熊猫,生儿育女的寻常生活没什么不好。折腾除了让自己的生活动荡和受到未知世界的侵袭,对自己有什么好处?

珍珍在做着离开的准备,他知道。最近她一趟一趟地去人类的营地。每次回家她什么也不说。有一次竟然说:"生活除了眼前的苟且,还有诗与远方。"他不明白,慢慢地享受每一次日落和黄昏,和所爱的人平静地相伴,怎么就叫苟且了?哎,女人的心,总是极其难猜。而喜欢这个难懂的女人,就是他的命运。

没有等到他开口挽留,她已经消失了。他想起她和他发生的那些激烈的争吵:"凭什么你不能跟王小妮一样,在家里帮帮忙,和妈妈一起照顾妹妹。或者在冬季的时候搬些新鲜竹子存在山洞里,照顾一家人的生计?"

"哼,王小妮!我知道我一惹你生气你就去找王小妮,她能懂你一切心思,你去跟别人肉搏她就在旁边给你喝彩,她那么好你别来找我!"

"我只喜欢你,对她没半点意思。"

"那你上次还领她去看桐花。"

"那是她妈妈病了,我们去寻草药。"

"那你还送她生日礼物。"

"那是帮你哥转送的。"

……

虽然事实上是她错怪他,她还是有一个月不理他。女人就是没道理可讲的生物。

不过她的温柔也令他难忘,他的生日,她串了两个花环,一个给他,一个给自己,她给他留了梨,还有糖果。每年杜鹃花开,她都是第一个陪他看的。当然或许不为啥,他就想天天看着她,她哭,她笑,他都愿意陪在她身边,他不想跟她吵架。

不过比起她的不辞而别,他倒宁愿她跟他狠狠地吵上一架。

一开始他以为她只是躲着他。他寻遍了她常去的山林,他们去过的任何地方,一个月过去了,没有任何消息。

有一天他突然想起,她独自出去的时候,回来向他提起过一个帐篷和陌生的机器。那次她给他带回了两只苹果。

他找遍了几座山上的十几个帐篷,还是没有她的影子。直到有一天,他在一顶帐篷里发现了她一直玩耍的红绒球。他发疯似的进入这顶帐篷。没有他魂牵梦萦的珍珍。他只有一个判断,他的珍珍,已经被人类掳走。虽然人类有时候看起来极其友善,那个冬天,他们每天喂食他南瓜粥,帮他度过了寒冷的缺食季节。可是,他已经不再信任他们。

李龙龙把情况告诉明亮爸爸和明月妈妈。晚上明亮爸爸召集草金坡上的熊猫开会:"孩子们,我们祖祖辈辈在这块土地上繁衍生息,从来与人类和平共处。我们没有抢他们的孩子,他们现在却跑来抢我的孩子。"

大熊猫家族群情激愤:"不能再忍!坚决还击!"

"从明天起,我们在山坡上轮班值守。平平迎迎和明月妈妈在家值守负责准备大家吃的竹子,凤青、龙龙、满满和我值守山坡,一旦发现有人类进犯,我们要用自己的力量还击。"

"到底要怎样还击呢?"

"以其人之道还治其人之身。他们掠走我们的亲人,让我们感到悲伤和痛苦。人类也应该付出同样的代价,体验同样的悲伤。"

（10）大学生之死

珍妮在法国已经成为家喻户晓的明星。每到一个动物园，人们都争相来观看她，她也有一种奇特的魔力，能让来看的人都露出微笑。当然，她还有一些小技巧，比如她会用一只手拿苹果，会扮鬼脸。加尔比恩也发了财，当然他不会满足于此。在他看来，这是千载难逢的机会，他有了更大的计划。

珍妮不知道，她的家族正在为她制订复仇计划。李龙龙知道狡猾的人类是最善于伪装的，他们会假装对你好，当你敞开心扉要和他们做朋友时，他们立马就会露出凶残的本相。

近段时间，他们发现了一队人类的行动。人类不停地在他们的领地里穿梭，人类称粪便，砍竹子，长期住在熊猫活动的地方。

李龙龙在寻找珍妮的过程中发现至少有三只大熊猫走进了他们的营地。凭他自己的经验，他知道，人类会用粥、甘蔗等甜食来引诱大熊猫，等大熊猫以为人类是自己的朋友，放弃了戒心时，人类就会把它们抓住。

而此时那只大鸟又出现了，爷爷发现了这只大鸟，其实每当这只大鸟出现的时刻，熊猫家族都会发生一些奇怪的变化。上一次，家族整体迁到了南方。知道大熊猫家族要找人类复仇，爷爷担心地说："你们应该向大鸟祈祷，问问大鸟的意见。"

爸爸明亮没有理会。人类抓走欢欢和珍妮问过大鸟的意见了吗？人类是这些规则的破坏者，他们应该得到惩罚。

李龙龙发现这支队伍是专门寻找大熊猫的。他们的路线踩得很准，基本上是大熊猫平常活动的路线。

两周之内，他们掳走了3只大熊猫。花花、迎迎和憨憨，他都认得他们，他们是他曾经挑战过的对手。不过这几只大熊猫不知什么原因都受伤了，人类先是用网把他们罩住，再用树枝做了一副庞大的担架，把他们抬回了营地。李龙龙和兵兵紧紧地跟着这些人。他们给花花包扎了伤口，又喂迎迎奶喝，给憨憨吃甘蔗。一个年轻小伙子负责每餐给大熊猫喂食，负责查看他们的伤口。这一切太熟悉了，那年冬天，李龙龙每晚去到一户人家，他们都会给他喂食甜粥，一个多月后，他们摸清了李龙龙每晚的来去路线，在他必经的路上设下陷阱，捕兽夹让他失去了一条腿，这样的记忆他永远不会忘记。

所以李龙龙看到憨憨在曾明的怀里打滚，把曾明当成自己的朋友时，他很想冲上去对他说千万不要再被骗了！不过，他还得耐心一点，等待合适的时机。

吴子墨全程跟着科研小组，她发现，村民们对大熊猫的感情有点奇怪,如果在野外发现了大熊猫,他们一般不会轻易猎杀,而且大熊猫闯进家里他们也让它自己离开,可如果有人出高价购买他们就会主动去猎杀。可见,如果杜绝了大熊猫的买卖环节,猎杀行为就会大大减少。当地居民猎杀野猪和熊,甚至金丝猴,却少有猎杀大熊猫的,他们普遍认为大熊猫是神明,不能猎杀。

不过大部分村民却对胡教授的科研小组抱有戒心,当然他们很快发现胡教授他们并不伤害大熊猫。不时有村民过来观看科研小组救治好的几只大熊猫,欢欢和迎迎被安置在营地附近养伤,村民们没事也天天来,渐渐地他们接受了研究小组,有村民主动为他们搭建住房。

曾明和同学们除了做大熊猫的数量统计,也观察山上的植物,他们发现箭竹长势良好,熊猫们的食物看来短时间内不用发愁。蕨类植物已经比春天的时候明显长得茂盛,走在队伍中必须跟得更紧一些,不然就可能掉队。

这一天,胡教授带着科研小组的同学们又去了野外。天快黑了,曾明在回家的途中发现了憨憨,此时离营地已不足两公里路,他喜出望外,以为憨憨来接他们了。一晃,憨憨跟他们在一起已经3个月了。他们已经习惯了他的存在,憨憨也认得小组的每个成员。憨憨转身向密林中走去,曾明跟上了它，难道他会把自己带回大熊猫的窝？考察队伍虽然零星地发现过大熊猫，但没有完整地追踪到一个熊猫家族的行踪，想到即将到来的重大发现，曾明一阵激动。不一会，他发现自己脱离了大部队，不过此时天色尚早，他决定继续跟着憨憨。憨憨走得很快，中途还从一个小山坡滑了下去。曾明只得慢慢地滑下去。

不知不觉，日头已经落下来。曾明只顾追逐憨憨，忘记了时间，不一会儿，他就迷了路。

在深山丛林中，最害怕两件事情：一件是夜晚，一件是迷路。夜晚有狼和豺、野猪等凶恶的野兽出没觅食，其中又以狼最难以对付，一旦它们锁定猎物，就会群体出动。头狼有组织地让狼群轮番进攻，它们轻易不出手，一出手就对准猎物的咽喉，大多数猎物被狼咬住了咽喉，几乎是瞬间毙命。还有饥饿的野猪和熊，野猪攻击人，几乎可以当场把人劈成两半。大熊猫也会攻击人类，不过大熊猫天生和人类有一种亲近，只要你不故意激怒它们，它们很少主动攻击人。

迷路就意味着会失去与外界的联系。森林中的岔路比较多，又人迹罕至，有经验的野外徒步者都随身带着罗盘指南针电筒火柴，一旦迷路，可以用罗盘和指南针确定方向，也可以用电筒照明，还可以用火柴引燃周围的枯草和树枝，发出求救信号。

今天曾明和大部队同行,这些必要设备都带在当地向导身上,还有一个人专门背锅和干粮,本来不存在任何问题,而且遇见憨憨时,他们离营地已不太远,过一个山梁就到了。可是憨憨走的路没有任何规律,当时他只顾追憨憨,没有认真分辨方向,这会儿怎么回忆也想不起该往哪边走了。

让他没想到的是,憨憨突然停下来等他了,而且他一下发现了六七只大熊猫站在他的面前。要在平时有这样的发现,简直可以称得上是狂喜,但现在好像情况有变,看起来是憨憨把他带进了熊猫的包围圈。他不觉笑起来,如果不是亲眼所见,亲身经历,他和大多数人一样,差点要以为大熊猫是无智商的低等生物呢。

4月的山野,寒气逼人。当地人如果在夜间迷了路,就会在石崖底下避风的地方点起篝火,既可以烤火取暖,还可以驱赶野兽。

今天他该怎么办呢?他想起来了,那只瘸腿的块头很大的大部分毛发是黑色的大熊猫好像在哪儿见过。现在这只大熊猫站在他的面前,曾明明白,人类对大熊猫做了那么多可怕的事情,现在或许要他来替人类稍作救赎了。

从这个物种到另个物种,从误解到理解,从这颗心到那颗心,永远是最难走的路。而真正的勇者一定会勇于面对,不问付出,开拓者的代价就是牺牲。

吴子墨看胡教授脸色越来越不好,掉队的曾明久久未归。她赶紧让学生们和雍老伯一起去报告了县公安局,又让村民在曾明和大家走散的三星桥悬崖下边的草坪上升了一大堆火,希望曾明能够看得见。公安局的人连夜赶来,隔一会儿放一枪,想让曾明能够听见,表示有人在找他,关心他,还能帮他吓吓野兽。

第二天白天,天色蒙蒙亮,全村的青壮劳力都来了,保护区的领导也来了。组织成两队,一组从山下往上找,一组从山上往下找。

曾明的尸体像书一样挂在悬崖上,悬崖直上直下,刀切一般。空手上下都很困难,他们就把曾明捆在一根树棍上,悬空吊起来,一坎一坎地往下放,人再从旁边爬下去。抬下来就不像样子了。大家拦着胡教授,怕他难过,不让他看。

接下来还发生了一件神秘的事,吴子墨都记在她的日记中了:

曾明从悬崖上抬下来的时候,当地人迷信,不让死人停留,让人连夜把曾明抬到凉水风垭,又用车运到西安去火化。当时佛坪保护区只有一辆车,雍老伯熟悉路况,让他随司机送走曾明。

车斗里放了一个担架，曾明躺在担架上，用被单蒙着，他本来就瘦小，看着就像没了似的。

夜里很黑，路况又差，司机开车很吃力，开一截就停下来，趴在方向盘上，睡半个小时，醒了再接着开。就这么开开停停的，终于出了山口。才出山口，就看见那儿有一个村子，正在过鬼节，人很多，全是女的。在一个大场子里，手里拿着蜡烛，还有油灯，晃来晃去的，头上蒙着白布，哭哭啼啼的，有的还连哭带唱。

我们车上拉着一个死人，又踫上这么一个场面，都觉得特别怪异。有人说，曾明死得太冤。

曾明事件过后，考察队专门明确了纪律，任何人在任何情况下都不得离开队伍独自行动。胡教授在会上强调，野生大熊猫的攻击能力是很强的，大家不要以为它看起来可爱就放松警惕。我们现在是在大熊猫的地盘上活动，大量的猎杀已经使大熊猫很紧张，大家对风险要有认识。

吴子墨想，难道大熊猫真的像人类一样有感情？人类不是动物界唯一有思维的高级灵长类动物吗？她不禁又想起了那只大熊猫，想起了她临别时和她的对望，她的眼神中充满了友好和温柔，也有一丝丝不安，这绝不是在野外未经驯化的孤狼和人类对视时能有的眼神。

吴子墨在灯下写稿，胡教授来了，他告诉她，他准备就此次考察情况写个报告，希望能通过她转交到自然基金会手里。他更希望的是，政府能与世界自然基金会合作，不知比尔在瑞典总部的汇报进行得如何。据现在研究小组了解的情况来看，偷猎者的主要途径是卖往境外，还有不少人以科研的名义将大熊猫偷运出境。而且由于春天山上积雪融化，打猎者更容易进山，而春天又是大熊猫的繁殖季节，所以偷猎者对野生大熊猫的种群繁殖影响更大，如果再不投资建立管理站，再不加强国际合作，花工夫保护大熊猫，可能我们会为此付出更为惨重的代价。

曾明之死让吴子墨意识到，可能大熊猫与人类争夺领地的斗争将更为复杂。人类自诩为万物之灵，可是这茫茫大千世界还有多少未知的领域尚待人类去探索和研究？如果不用谦卑的心态去对待自然界，对待和自己处于同一星球的其他生物，终将被报复，直至酿成大祸。

3天后，憨憨又回来了，他跑到曾明曾经睡过的床前，嗅了嗅。他天真无辜的样子，好像什么都没发生。吴子墨摸了摸憨憨的头，心想，要是憨憨能够看得到每个人脸上的悲伤，它一定会跑着回家告诉他的家族，你们看，人类真的会伤心呢，会像我们大熊猫丢失家人一样的伤心呢。憨憨把曾明带进了大熊猫的领地,曾明之死,大熊猫再一次向人类宣誓了他们的主权。

  这是李龙龙的声音,也是明亮爸爸和整个大熊猫家族的声音:你们必须记住,熊猫的领地是绝不能随便侵犯的,你们抓走我的珍珍,必须付出血的代价。

（11）大熊猫是我们的神

这是四川的山区。羊肠小道逆着山溪，曲曲弯弯，高高低低，蜿蜒伸向深山。时而有峭壁拔地而起，耸入天庭，只裂出一条缝，给出一线天，挤出一股水，让过往行人战战兢兢。时而又豁然开朗，有葱笼的灌木森林，有幽静的小河湿地，树上飘逸着松萝，空中婉转着鸟鸣，让人心旷神怡。

低洼的地方，隔着一两道坡，就有碧青的玉米苗，摇曳着清风，闪烁着阳光，伸展着腰肢，却不见有农夫。远处的密林，走上一两里地，就见袅袅的炊烟，漫过参差的树木，升上湛蓝的天空，融进缥缈的白云，却不见有房屋。

远古时期，四川是古地中海的一部分，在将近8亿年的地质变迁中，经历了加里东运动、印支运动、燕山运动、喜马拉雅运动，就到了中生代三叠纪，就有了被群山包围的内陆湖，大约20万平方公里，科学家称之为"巴蜀湖"。

中生代侏罗纪，巴蜀湖被向西压缩成2万平方公里的"蜀湖"。

新生代中新世，蜀湖生成了四川盆地。在随后几千万年的岁月里，西部间歇性抬升，中部不断下沉，成为平坝丘陵。于是便有了邛崃山系的高山峡谷、鹧鸪山、霸王山、巴郎山、夹金山、二郎山、四姑娘山携手联袂，纵贯南北250公里，从海拔500米到6000米，一山更比一山高，直奔青藏高原。大熊猫经过近万年的进化选择，留在了四川卧龙和陕西秦岭一带。

这块土地一直有着打猎的古老传统。在那些石头砌成的寨子里，猎杀到大型野生动物，一直是猎人的勋章。但是白马藏族一直有一个古老的传说，熊猫是和神在一起的生物，不能随便猎杀。

"在王朗和平武宝兴美姑，到处都有这样的寨子。夕家寨子，中寨子，都是藏族人聚居的寨子。"吴子墨在日记中写道。

她还记得那个戴白色毡帽，帽子顶上飘根白色羽毛、面容黝黑的老人修。修是贫农，帮人种地、放羊放牛，还跟人学了点医。

"以前我打过猎，主要是打老黑熊。有时候两个人，有时候一个人。都说是头猪二熊三老虎，其实老虎好打，伤不到就伤不到，伤到了就一枪致命。"修说，"农历四五月底，山上的青岗树长果果，跟板栗子一样的，老熊喜欢吃。半下午你就到那些树下去瞅。太阳要偏西的时候它就一个两个地出来了，有时候能碰到四五个。你就隐蔽好，躲到下风头。它的鼻子灵得很，等它站起来用嘴去吃果，露出上半身，对准白色的部位，突然给它一枪，一下就打倒了。"

"打过多少老熊？"

"一年子至少都要打五六头。熊掌和皮是打枪人的，肉呢就见者有份，一家一家分了。野猪也打过，你一枪打了过后，没伤到重点地方，它就像射箭一样的，比箭跑得还快，就冲你来了。它的獠牙就把你撕成两半。"

"打熊猫没有？"

"没打过，我们啥都打，就没打过熊猫。熊猫是和神在一起的生物，不能随便打。"

修接下来讲了硗碛镇上一羊姓人家一夜之间丢了两个儿子的事。老羊家有三兄弟，老大第一胎是女孩，第二胎还是女孩，第三胎计划生育不让生，强行生，依旧个女孩。队上罚了款，还把他弄去关起。家里卖了猪，才把人捞回来。他还是不甘心，又偷偷生了第4胎，是个儿子，才算完。家里本来就穷，还要养活4个孩子，生活更困难。

他千辛万苦才有了儿子，要传宗接代的。他要去挣钱，让儿子去读书，让儿子有出息。可是，上哪儿去挣钱啊，守着这几亩荒芜地？

老三年轻脑袋瓜子灵，在天全县城里打零工，一个远房的表兄弟告诉他说打熊猫，卖熊猫皮，很来钱。老三说，打了卖给谁？表兄弟又说，拿来我倒手，有买的，高价呢！

老三动心了,回来和老大商量,老大也动心了。两人背着老二,说是去硗碛镇上买花椒,怕老二胆子小,露口风。

老三去交货,钱都没见到,警察就来了。

修不停地抹眼泪。他告诉吴子墨他就是那个老羊家的老二。

白马人靠山吃山,由来已久。他们酷爱跳舞,跳波浪舞、猫猫舞、大刀舞、巾巾舞和圆圆舞。白马人信仰万物有灵,源远流长。他们敬山神、树神、水神、火神、土地神……对天地万物心存敬畏。他们跳舞用的面具,有大熊猫、黑熊、老虎、猴子、马、牛、羊、鹿,部落祖先的图腾。

后来"文化大革命"来了,这一切被冠上了"四旧"的帽子,白马老爷山也被造反派放火烧了。

修喃喃道:"政府说我们打猎破坏森林,为啥一个部队跑到我这里一次性打走了1000多只盘羊,森木局的人跑来砍了十几卡车木料?他们砍过的地方到现在还年年滑坡。"

碧峰峡景区入口处,挂着一块牌子:这里有世界上最可怕的动物。好奇的人都会凑上去看一看,原来这里挂着一面镜子,照的都是人自己的影像。人类的行为到底有多可怕?他们丧心病狂到什么地步?

（12）舞台真大

在法国的 11 个省巡回演出之后，珍妮的身体好像有点状况。加尔比恩请了兽医来给她看。她什么也吃不下，苹果也吃不下，糖果吃不下，新鲜的竹子看也不看。为了逗她高兴，加尔比恩买来了许多的玩具，可她还是郁郁寡欢。

这天夜里，珍妮做了一个梦，好像是冬天，山上下了好大的雪，他们一家人围坐在暖和的树洞里，爸爸明亮在讲故事。他讲了一个远古时候的故事：我们的始祖母比现在的个头要大，始祖父比现在更加好战，我们也是通过抢夺来打天下的，我们家族还有一个外号叫"战神"。有一次，人类侵入了我们的领地，我们和他们发生了一场战争。最后我们战胜，为了与人类共享自然资源，我们退出平原，占据了现在秦岭到四川一带温暖湿润的地方，一直在自己的王国里自由自在地生活。可是现在情况发生了变化，人类变得贪婪，又发动了对熊猫新一轮的攻击。

虽然我离开家乡很长一段时间，但还没来得及思乡。我以全部激情开始新的生活，生活也的确倾筐倒箧地给了我全新的体验：我见过无数的美女、政要，也吃过从来没吃过的美味，看过很多地方的云，走过了许多的路。每次我一出场，就有巨大的欢呼声,被人喜欢的感觉真好,被人尊重的感觉真好。我不用再在下雪天因为没有吃的饿晕在路旁,也不用逃避豹子的追逐摔破了头,我已经走上那只熊猫指明的生活道路,只不过,我还没见过那只熊猫,那也许就是我的下一个目标吧。这陌生的一切和我的家乡有如此巨大的不同,我不免为我那从未走出过秀水沟的小伙伴们感到悲哀。和家乡那条峡谷比起来,我的世界已经太大了。当然这样的生活也不是完美无缺,毕竟长久没有奔跑,我长胖了,而且感到四肢无力,越来越嗜睡。吃的东西再好,我吃起来却没有香味,有时候我很想念家乡的竹子和玉米的香味。

还有就是孤独,要说孤独,那是无论如何有一点的。毕竟没有了我的小伙伴们的陪伴,没有了李龙龙的陪伴,没有我妈妈无微不至的关心,甚至,我还有点怀念我那好打架的哥哥,对李龙龙永远比对我好的王小妮。可是,可是,如果他们知道了我今天的情况,一定也会为我感到高兴吧,毕竟我是我们家族第一只出国的熊猫呢。我的主人对我很友好,哪一条通向成功的道路不孤独呢?我不想再回到那个地方,我想回到那个地方,这两种想法在我的内心交战。

但我开始想念那条河中的水,无论如何,我再也没喝过那样味道的水。而且汉堡和鸡块的味道让我呕吐。以前我曾经划过自己的领地,但现在我的活动区域不过200平方米,虽然中间有几棵树和假山,但它们都太小了。我想起了冬天夜里喝过的清甜的红薯粥和南瓜粥,想起了土豆和玉米棒子,想起了春天才从土里冒出来的嫩嫩的竹笋,它们长到一尺高的时候最好吃,嘎嘣一支,嘎嘣一支,一个上午我可以吃掉30多支。还有偶尔从庄稼地里刨出的花生和地瓜,我剥花生剥得可好,一把花生在嘴里,肉全部吃完,吐出来的都是壳。地瓜比竹笋还好吃,从土里刨出来,一根藤蔓上有好几只,又甜又脆,多大的地瓜我也能两口吃完。哎,的确我吃到了苹果、香蕉和梨,可他们给我喂了大量的糖果和烤肉。那些高鼻子的人,他们都喜欢吃肉。

最重要的是,我弄丢了李龙龙送给我的红绒球。我常常在夜里衔着它睡觉。他说红绒球是他奶奶送的。从他出生起,他脖子上就挂着这个红绒球,红绒球是由红色丝线缠织在赤金上形成镂空的花纹,中间是一颗巨大的绿色石头。如果碰上豺狼,绿色石头发出的巨大光芒可以使它们产生巨大的恐惧感。这是李龙龙最大的宝贝,他送给了我。

离家3个月,我甚少思乡。只是昨天夜里,我梦见了李龙龙。他正在寻找我,但我现在已被命运之手牵扯着前行,已无法回头。

几天之后，珍妮还未完全恢复健康，就被送到了意大利米兰。加尔比恩要把这只大熊猫送到全球各地，他知道现在有很多人在关注大熊猫，但很少有人见过大熊猫，他要把珍妮的价值最大化。

米兰经历了第一次世界大战中德军的地毯式轰炸，此时刚刚从一场瘟疫中醒过来，但城市的康复能力是惊人的。作为世界公认的时尚之都，它很快成为欧洲的商业和时尚中心。这座城市以其百变性吸引着无数冒险家前来一探究竟，他们中有痴迷于顶尖设计的时尚人士，有被大教堂、歌剧吸引而来的艺术家，有热爱着文艺复兴和这座现代化城市古迹的历史学家，也有善于发掘意大利最具创意美食的顶级饕客，更有热衷于夜色和酒吧的风流之士。而有人乘专机专门来到米兰，只为了一睹莱昂纳多·达·芬奇所创作的《最后的晚餐》原作的风采。当然 AC 米兰和国际米兰这两支豪门球队隔周交替进行的比赛也让来自欧洲的球迷疯狂，总之，这是一座让人热血沸腾的城市。

相信我！只要你见到它，就一定会被这高耸入云的尖顶教堂所折服。它和巴黎比起来，更加年轻，更加有活力。登上世界上最大的哥特式教堂，俯瞰米兰城，何等震撼。

我爱上了米兰，最重要的是，在这里，我碰见了那只熊猫。

不用说，那些盛装出行来看歌剧的美妇人，见到我也发出了迷人的惊声尖叫。我不停地出现在动物园、马戏团、工程剪彩现场，还出现在私人沙龙上。我的人气比来看秀的大明星还要高。

忽然我发现，这是一个极其容易被征服的世界。在宝兴的时候，一只熊猫要想生存下来并且获得他人的认可，你必须要熬过寒冷的天气，有觅食的本领，跑得够快，躲得过豺狼和猎人的追捕，还要会筑屋。如果这些你都不会，起码你得像我妈妈那样无微不至地照顾家人，或者像我爸爸那样博学。在熊猫技能比赛上，你要么会爬树，要么会摔跤，要么像李龙龙那样会变魔术，要么像兵兵一样勇敢善战。

而现在，你只需往那儿一坐，他们便把聚光灯对准你，所有人全都会安静下来。任何人享受过万人朝拜的过程都会迷恋上，你就是一切的中心，你引起了每个人的惊叹。而这一切的得来只是因为你独特的存在。

见到那只熊猫没有任何预兆。按那天的日程安排，我将去往米兰一位贵妇人的家中，陪她的朋友一起聆听钢琴曲。现在他们尝试用各种各样的方法来讨好我。让我听莫扎特的音乐，在喷泉旁边睡觉，看达·芬奇的画，看歌剧和时装展，我已经被训练成一只上流社会的宠物。

我进入一座梦幻般的庄园。城堡里种植了数量繁多的雏菊、玫瑰、紫罗兰、香石竹，高大的法国梧桐树陈列在道路两旁。我的到来，照例引起了一阵欢呼声。我刚一落座，便感觉到对面一只熊猫奇特的目光。

没错。我已经许久没见过同类，可生活太过丰富多彩，我的孤单早已被眼花缭乱的通告淹没，有时我甚至连睡觉的时间都不够。但他不仅仅是同类，我有今天的生活，都是基于他。我只是没想到，世界之辽阔，我和他真的会相遇。

他们叫他威廉。威廉看上去成熟稳重，他穿着漂亮的燕尾服，打着鲜艳的红领带，气宇轩昂。我今天也不赖，一位伯爵夫人的珍珠项链在我脖子上，头上的黑羽毛帽子是一位公爵夫人的心爱之物。看来在这个盛产浪漫爱情故事的城市，人们对一对熊猫也寄予了厚望。他归属于公爵夏利夫，他3年前把他从中国卧龙带到了意大利。

他曾是我的精神导师，如果一年前我见他，或许我还不敢正视他。但现在我也算有点光环，所以我勇敢地迎着他的目光。但我这一刻只感到幸福的眩晕，完全没从他的眼里看出什么来。

我们在一起待了幸福的7天。我被爱情征服了，他是那么的威猛性感，又是那么的温存体贴。我只想一直跟他在一起。

他的叫声,说话的声音,走路,跳舞,打盹,和我相拥入眠,都让我在幸福的云端飘着。最重要的是,他是个有思想的熊猫,他的思想让他更迷人。不过我还没敢告诉他,因为听从了他的指引,我才离开了故乡宝兴,来到这陌生的国度,过着跟以前完全不同的生活。

有一天我问他:"你想家吗?"

他望了望有点空蒙的远方说:"一点点吧。不过人终归得往前看。上一秒不留恋,下一秒不牵挂。"

我觉得他好酷。可是我还是有点留恋那些清洌的泉水和黄昏彩霞掩映过的天空,有点留恋春天初长出的鲜笋和积雪中开放的红梅,我有点想我妈妈了。

他说:"想想父母和你过去的生活有多么可悲。他们一辈子所看的风景只在那个山谷,他们不知道这个世界上有多么伟大的建筑,多么漂亮的服饰,多么动听的歌声。"

听他抨击我的父母,我很不高兴,可也不得不承认他说的是事实。

他接着说:"一个人如果没有看过世界,何来的世界观?我所理解的生活,就是和喜欢的一切在一起。趁早按你想的去生活,不然你迟早要按你生活的去想。"

现在他就是我喜欢的一切,但他不肯属于我,他马上要去德国，据说，他已经受到德国总统的邀请。

我说："你能留下来跟我在一起吗？"

他答非所问："你迟早会知道，任何一种爱情，都是对自由的干预。"

"那我在你心中算什么？"

他亲了亲我，就像随便在溪边喝了一口水："你要学会享受这个迷人的过程，而不是去纠结一个结果。"

他是自由的，也从不为谁许下永远，那我的爱，投射在一段虚空身上。其实他只不过说不出：我和他的命运，都是自己做不了主的。我们是这琉璃人生的囚徒，那只手是我们的主人伸出来的。

就像现在，我的下一站又回到了中国。

（13）回乡

珍妮看起来像是病了，展出被迫停止，兽医对她的病一筹莫展。加尔比恩想了很多办法，但她仍然没有恢复健康。加尔比恩认为只有一只熊猫的风险太大，他现在接到了大量的演出订单，为了赚钱，他已经许可珍妮在食品、玩具、童装上的形象使用权，还开发了以珍妮形象为代表的包袋、皮鞋等周边产品。如果珍妮出问题，就断了他的财路。

他问了他的兽医朋友，兽医认为珍妮的主要问题是精神上的问题，建议他让珍妮多与同伴结触。话说他好不容易搞来了一只熊猫，在米兰的时间与另一只熊猫威廉的交配权也是他花了大价钱才搞定的，此时又去哪儿弄同伴？医生还说，可能是饲养环境的反复变化，让大熊猫产生了不适症。

珍妮的状况已极度不好，四肢无力，嗜睡，体重急剧下降，加尔比恩束手无策，但他不能坐以待毙，他决定，把珍妮运回中国救治。为了保存珍妮的体力，他让医生给她注射大量的葡萄糖。所以次年4月的时候，珍妮打着吊针和我们一起回到了中国。

加尔比恩还有一个极其大胆的想法，最近他知道给大熊猫戴上定位跟踪器，就会了解这只大熊猫的全部行踪。如果把珍妮放归她的家乡呢，最终结果会怎样？他有可能就不只是这一只大熊猫了，他会组成真正的熊猫天团。想想看，别人挖空心思也得不到一只大熊猫，他可能一下子会有3只甚至更多。于是他决定暂时中断珍妮的演出，把珍妮运回中国进行休养。我不得不说，他果然是个聪明人。

中断珍妮与各大动物园的演出合约，让加尔比恩损失了一大笔钱，不过与此同时，他也在广告中打起同情牌，说珍妮由于长时间的演出已经过分劳累，现处在治疗休整期，希望大家继续为珍妮祈福，让珍妮重返舞台。结果来自各地的夹着法郎的信件和千纸鹤堆满了一间屋子。人们带着更高的期望等待着珍妮。

在把珍妮运回中国之前，他给她戴上了跟踪器。这个新玩意儿已被运用到大熊猫研究当中，这样，即使珍妮不幸被捕获，也有可能被重新放归山林。加尔比恩总是可以找到办法。

我昏睡了好几天。早上我醒来，突然闻到了一阵杜鹃花的清香，听到了红嘴鸡的尖叫，还有我最熟悉的竹笋和竹叶的香味。

我打了个滚，不可能，我回家了！我的爸爸妈妈呢？还有我的哥哥兵兵，还有李龙龙，还有王小妮，还有平平、琪琪和美美……

等等！什么东西绊住了我的脚步？我身上插着管子干什么？我没病，我想马上出去看看。我刚一起身，就发现脖子上吊了一个叮叮咚咚响的铃铛，看样子他们又给我戴上了新的项链。不过只要能看见李龙龙和我爸妈，我什么也不顾了！

我一股劲地跑去了秀水沟，草金坡，苍耳崖。我轻轻地舔了一下河中的水，没错，还是那熟悉的味道。我一口气喝了很多，快走不动路了。我把竹笋和着野草，囫囵吞枣地吃下去，我不知道自己如此想念这里。我还想在草地上睡一觉才回家。可是不行，我太想念我的妈妈了！我加快了脚步。

熟悉的那片山坡就在眼前。咦，怎么树起了陌生的栅栏？我妈妈正在院子里翻晒野草莓，她还用竹子在编我爸爸的项圈。

她看到我的时候呆了几秒钟，接着就认出了我。她的泪水一下子涌了出来。

她冲过来紧紧地抱住我："我的女儿，这么久你跑到哪儿去了，可把妈妈想死了。你知道为了你我们找了多久吗？你外婆眼睛都哭瞎了！"

她不停地哭，在我身上亲个不停，一下子也不放开我，生怕一丢手我又从她身边消失不见。

我妹妹死后，我又失踪了。自那以后我妈妈没有离开这个家半步,她怕她的孩子回来找不到她。

我爸爸在对面的山坡上放哨,他得知我回来的消息,一路飞奔回家,沿途告诉了我家族的全部成员。

我爸爸抱得比我妈妈还紧,他平常看起来很严厉,可我走了之后,他变成了一个多愁善感的人,看到跟我一般大的熊猫,他都忍不住流眼泪。

整个家族的人都来了。当然李龙龙也来了,只是他看我的眼神很复杂,王小妮紧张地牵着他,好像害怕他被我抢走。是的,这个世界就是这样,没有人永远在原地等你。我不能怪他,我做出了这样的决定,后果必然我来担。

大家轮流上来拥抱我,亲吻我,被爱围绕的感觉真好。我失踪的那些日子,我父母陷入了悲痛之中,但此时此刻,他们焚香感谢神灵,把他们生命中最为珍视的东西还了回来。琪琪对我脖子上的项链产生了兴趣,我试着摘下来当礼物送给她,反正这些东西我以后有的是,可是无论我怎么弄,它就像长在我脖子上一样。她妈妈,也就是我姑姑,及时制止了这一行动,我只好一直戴着它。

那一天,我们家族彻夜未眠。我给它们讲了我这一年来的所见所闻。尽管我把所有经历都描述得十分美好,我的爸爸还是决定要找掠走我的那两个人报仇。

我不得不再向爸爸解释:"不是你想的那样。那两个人现在是我的主人,他们对我很好。你看,我长胖了。我还去过很多你们从来没有去过的地方,有很多人,跟我们见过的长得完全不一样,他们不是猎人。当然,还有很多多才多艺的动物,他们有的会画画,有的会算算术,有的会钻火圈。"

爸爸用奇怪的眼神看着我,于是我停止了喋喋不休,试图理智地告诉他们这一切都是真的。

我妈妈来了句:"珍珍什么时候也学会了像兵兵一样爱吹牛了。"

以前,我妈这么说会惹得我发火,可此时我只是觉得有那么一丝丝伤感。他们活过这么多年,在他们的经验之中,这些东西和幻想没什么两样。还有兵兵、龙龙、小妮、琪琪和美美,他们从来不知道草金坡和夹金山以外的生活,龙龙小时候不过跟着父亲去过一趟王朗,就以为王朗像天边那么远,所以当我讲起威廉和伯爵夫人,他们都以为是我走了这么久不好意思给家里交代编出来的故事。

虽然我走后龙龙就爱上了王小妮让我十分生气,可是他们说他为了找我还找人复仇我就马上原谅了他。当然,我心中已有威廉,我不会再抱怨李龙龙的移情别恋。经历过很多事之后,我逐渐学会了与环境和解,他就只当是我旧日生活的记忆吧。

当晚我们全家人在一起畅聊,我爸爸虽然对我说的将信将疑,但毕竟我已经回到他身边,人类并没有伤害我,这是事实,所以他只当我运气好。听说仍然是两个法国人把我送回来的,我爸更加怀疑他们的居心,当我表达了我只是休整一阵子就还是要继续原来的生活时,我爸爸勃然大怒:"你究竟要闹哪样?人类把你妹妹杀死,无情地扔在野外。李龙龙被捕兽夹夹住,失去了左腿。你走了,兵兵为了找你,到人类的聚居区,误吞了燃着的鞭炮,炸伤了喉咙。还有憨憨,为了给你报仇,冒着危险把敌人推向悬崖。现在你居然还要认贼作父。"

"可是爸爸,如果真是所有的人类都那么坏,我还能活蹦乱跳地站在你面前?如果人类要害我,他们为什么要让我住很漂亮的房子?给我定期检查身体?而且不管是法国还是意大利,德国还是瑞士,我见过的人都对我都很友好,你看,他们还给我买首饰和玩具呢。他们知道我想家,还大老远地把我送回家乡,让我来看你们。"

"这个月,我们家族又有两名成员失踪。如果不是人类,我们怎么可能遭此厄运?他们的目的,是要毁灭我们。"

"爸爸,你是在危言耸听,你没有我的经历,所以你不相信我的话。其实你和妈妈这一辈子也没走出过大山，没有见过外面的世界，你们的见识，不会比竹子更长。我为你们感到可悲。"

我爸气极了，他第一次打了我。为此，我妈和他又吵了一架。本来我怀着激动和欣喜之情回家，以为家里能缓解我的疲惫，没想到他们根本不认可我的探索。我现在才知道，对他们来说，我哥哥那样的打打杀杀并不是叛逆，我才是真正的离经叛道。

本来我还想在家中厮混一些日子，看样子只能快速离开。我突然有点盼望那两个法国人快点来接我。

晚上，萍萍和美美陪着我。我告诉他们巴黎铁塔的雄壮，威尼斯的水中之城，以及米兰那彻夜不灭的灯火，他们听得入了迷。我问她们要是有机会，是否愿意跟我一起去见见外面的世界。

她俩毫不犹豫地点了点头。

一股豪情在我心头升起，他们俩的命运将因我而改变。

不过，我也有告诉他们，远离家乡，将要承受很多很多的东西，饮食不习惯，生物钟错乱，与亲人分离的痛苦，孤独。但他们被我所描述的未来所引诱，什么话也不想听，只一味要我带他们走。

几天后,萍萍和美美,趁着族人不注意,跟着我逃了出来。那两个法国人,意料之中地等着我们。当我和萍萍和美美出现在他们面前的时候,他们瞪大了眼睛。

他们很慌张,我却很镇定,我早就知道,那两个法国人一定在等我,我是属于外面的世界的,这是我的命运。

吴子墨惊呆了,当她又一次见到了那只照片中的大熊猫。它比以前瘦了,这一次,它没来得及和她对视,它脖子上挂着个铃铛,在小溪边喝了一会儿水,就飞快地跑上山坡,隐藏在竹林中了。她紧赶慢赶也没有追上它的脚步。

这样的几率太罕见了,可是她确信,她两次看见的是同一只大熊猫,外观像,走路的样子也像,那回眸一看的样子也像。或许山里的老人说得对,如果你两次看见同一只大熊猫,那一定是神明的安排。吴子墨一直觉得,人们对大熊猫所知甚少,对藏文化也所知甚少。其实这世界上大部分的误会都是缘于信息不对称,又缺少足够的沟通。人类和大熊猫本来语言就不通,又怎么知道它们在想什么呢?

那两个消失了大半年的法国人又出现在了夹金沟。会不会这只失踪过又出现了的大熊猫和这两个法国人有什么关系?她决定想办法找到这只大熊猫的行踪。第二天第三天,一连一周,她都来到这片山林,期待再次与它不期而遇,可是它又神奇地消失不见了。

没多久，吴子墨就在一张英文报纸上再次发现了这只大熊猫的身影：新闻上写着明星大熊猫珍妮将在德国慕尼黑与威廉同台竞技。原来这只大熊猫叫珍妮。

这两个法国人在将中国的大熊猫偷运出境！她再次印证了自己的猜测。她要赶紧把这件事情揭发出来。这只大熊猫曾经两次出现在她的面前，是不是在向她求救？上次玲玲说的村民打大熊猫的事情与这两个人有没有关系？这只大熊猫她一定要管。她将情况和胡教授作了交流，胡教授让她不要打草惊蛇，因为事关外国专家，应先收集证据再向政府汇报。可是没有等到她将真相揭示出来，他们两个已经被历史的车轮卷入了滚滚洪流当中。

（14）灾害

这一年，穆坪镇的人们感受到大自然的反复无常，正在面临生存的绝境。

首先是干旱席卷了整个村庄。两个月没有下雨，田地的裂缝像渴极了的嘴巴，只管要水，一桶水下去，只能听到滋滋的响声，一阵烟雾冒过，干着的嘴巴还是干着的，欲壑难填。

春种季节，整整两个月，天上一滴雨也没下。到了收获小麦和青稞的季节，又成天成天地下雨，收下来的小麦都发芽了，没收下来的也烂在了地里。

张育秀家没劳力，只要天不下雨，她就赶紧去地里收小麦和青稞，可是收下来的粮食又没办法晾晒，雨一催，三两天就发芽了。就这样，已经算村里好的了，好多人春季连种都没有播下，只有就着地里那点耐旱的土豆过日子，土豆也算不上什么土豆，只有比拇指还小的土豆藏在半死不活的叶子下面。玉米根本没有结穗。

第二年，老天还是这样喜怒无常，村子里的人饿得慌，粮食成了最宝贵的东西。有钱也只能买上一些玉米粒，小麦青稞是没有的，大米更是罕见。能吃的野草早已被一抢而空。肉是稀罕物，有时一碗汤就能使垂死的人复活。人们每日天不亮就去地里干活，但一季下来，收获的稻子和小麦、豆子少得可怜。野牛村共有350户人家，大多数已经揭不开锅。在这样饥荒的年月里，獐子野鸡简直是救命稻草，越来越多的人加入到捕猎的行列，不打大熊猫的信仰怎能比得过饥饿的肚皮，大熊猫的数量急剧减少。

讽刺的是，熊猫家族熬过了恐龙灭绝，熬过了数次大地震和数不清的自然灾害，经过了重重考验仍然未被自然界淘汰出去。而在过去的一万年，人类文明的发展，不断地侵噬属于他们的领地，大熊猫面临淘汰出局之险。世界之大，已无他们的容身之所。

1958年8月，人民公社运动全面展开，免费医疗，大食堂、政社合一，小生产被消灭。家家户户的锅碗瓢盆都被收去大炼钢铁了。

硗碛镇、野牛村愈加贫穷。3年过去，钢铁没有炼出来，倒是多了几座废弃的炼钢炉，孩子们常常在里面捉迷藏玩。

大熊猫迁徙到离人类更远的海拔两千米以上的深山了。

政府疏于管理，村里人又面临饥饿的危机，给那些惦记大熊猫的外国人提供了一个极好的机会。自从珍妮被带走之后，美国人、德国人、意大利人陆续来到四川，以极低的价格买走了大量熊猫，偷猎行为日益猖獗。

1965年考察小组进行第二轮大熊猫普查时，大熊猫的数量已经锐减到150只。

大家都在被饥荒所困时，野牛村的村民李小根发现有两个人却发财了。他们是田大壮和张铁牛。

自从有两个法国人进过他们家，他家冬天盖起了房子，还买了两头耕牛。这两户人家以前一直靠在后山开垦荒地种玉米和土豆为生。一年到头家里的粮食是上季接不上下季，家里的娃几乎没个齐整衣服穿，女人都不出门的。不过田大壮会打猎，偶尔打个野鸡野兔子给一家人改善生活。

村民李小根特别好奇，他悄悄跟踪了田大壮和张铁牛。这天，田大壮和张铁牛天不亮就进山去了。李小根正好到山里打柴。他发现了两人的秘密。他们在跟法国人交易，一周之后，他们在宝兴河边捕住了一只个子较小的大熊猫。又过了一周，他们又捉住了一只成年大熊猫。法国人这次出了大价钱，10元钱一张的好大一沓。李小根看得眼睛发红。

他思来想去，来到田大壮的家："田哥，最近发的啥财？还是把兄弟带上嘛，不要吃独食噻！"

田大壮："没有发财呀，你说的啥话哟。"

"我都看见了，你如果不说，我哪天赶场碰到朱镇长，给他摆哈龙门阵。"

田大壮半晌没有说话。虽然目前没有人前来管这事，但大家都晓得，大熊猫很珍贵，县里普法的时候也讲过，不能随便捕猎国家保护动物。

就这样，李小根也加入了这个发财的队伍。正当三人想在宝兴大干一场的时候，法国人把那只熊猫运走了有很久都没来过了。他们也想过卖熊皮，可是一张整熊皮也只能卖几十元钱，而一只活的大熊猫，可以卖到上千元。不久他们发现胡教授和德国专家也开始用捕兽夹捕大熊猫，就打算跟他们取得联系，想大赚一笔。结果他们发现专家组把捉住的大熊猫戴上项圈又放回了森林。

寂寞了好几个月，正当田大壮他们十分失望时，法国人加尔比恩和埃德蒙又回来了。奇怪的是，他们又带回了捉走的那只大熊猫。三人搞不懂法国人葫芦里卖的什么药。

还是李小根发现了秘密，法国人一回来，他就意识到，又一个发财的机会来了。有天他跑到山里法国人的营地去，发现法国人把带走的那只熊猫脖子上戴了项圈放回了山林。他突然明白过来，法国人是想引蛇出洞，一劳永逸。

他急忙赶回家跟田大壮商量。田大壮主张向政府报告，张铁牛主张继续跟法国人做生意。

李小根说："你们俩脑子坏了不是？给政府报告，法国人是不能捉大熊猫了,可你们俩以前抓大熊猫卖给外国人的事情也曝光了。可气的是法国人现在自己有先进的方法,熊猫自己就跑法国人网里去了,已经用不着咱们了。"

二人没辙,忙问咋办?

李小根不慌不忙:"咱们先去找法国人,就说他们要熊猫只能从咱们手里买,即使他们自己抓住,也不能带出宝兴,因为熊猫是咱们中国的。如果他们强行要带走,咱们就威胁告诉政府去,反正大家生意做不成对谁都没好处。"

加尔比恩对此虽无可奈何,可强龙压不过地头蛇。为了得到更多的熊猫,他们跟李小根三人达成了口头协议,李小根三人负责抓熊猫,加尔比恩只负责运输,每只都要活体熊猫,每只价格以市价和熊猫的体格论,不过不得低于每只900元,双方都要对外界严守秘密。

其实李小根不知道,这样反而解决了法国人的心病,他们本就担心在中国抓捕熊猫极为不便,但只是花钱买就方便多了。

从此,李小根三人一门心思抓熊猫卖给外国人。一年之后,德国人、意大利人、美国人大量地涌向中国,这像一条熊猫通道,史前活化石——珍贵的大熊猫被疯狂地掠夺了。他们找到了一条发财之路,而对熊猫家族将是灭顶之灾。为了保护自己，大熊猫开始分散领地。他们从热闹的家族群居逐渐变成了离群索居。

（15）世界自然基金会和大熊猫

研究小组意识到大量的大熊猫正在被偷运到境外，结合雍老伯反映的情况，吴子墨发现珍妮在法国的演出照片中又多出了几只大熊猫。四川入境的美国人、德国人、意大利人更是打着各种科研组织的旗号在深山密林打大熊猫的主意。研究小组简直心急如焚。吴子墨和胡教授决定，不能再任由这种事情泛滥，必须向政府和国际社会寻求支援。

在近一年的考察中，吴子墨跟随胡教授的研究小组，详细了解了大熊猫在四川卧龙以及秦岭地区的分布和数量，数据和实验都非常详细。

在长达20页的考察报告里，胡教授既谈到了大熊猫的发现和研究对整个动物界的重要性，又如实讲述了目前面临的巨大资金缺口和保护困境，他希望世界自然基金会能与中国政府携起手来，尽快对中国的大熊猫保护提供实际的资金支持。

吴子墨把胡教授的报告翻译成英文，将中英文报告都交到了世界自然基金会，主席菲利普亲王亲阅了报告，当即与名誉主席彼得·斯考特商量，联合另一个国际知名环保组织——世界自然资源保护联盟(简称IUCN)来到北京，洽谈合作。而中方代表则由国务院环境办公室牵头，派出了以国家林业部野生动物保护处处长王梦虎为首席谈判官的谈判小组。

谈判的内容包括：在四川卧龙一带建立一个保护大熊猫繁殖研究中心。包括中外专家的宿舍、熊猫的宿舍。建立野外观测站，在营地附近建小型发电站，保证营地持续供电。还有中外专家去野外考察的装备，望远镜、照相机、皮靴、帐篷等，都由外方提供。大约需要100万美元。

斯考特对专家的基础配备没意见，但一听说要拿钱出来盖房子，就有点儿冒火，说没有先例，不同意拿钱。谈判陷入僵局。

中方谈判小组决定休息一下，把外国专家带去卧龙。说走就走，核桃坪、英雄沟、五一棚、巴朗山……虽然是白雪皑皑，天寒地冻，双方却是热气腾腾。一边是讲不完的熊猫故事，越讲越精彩。一边是听不够的新奇，越听越兴奋。终于，斯考特与王梦虎握手言欢，100万美元，成了。

吴子墨和胡教授为合作的推进欣喜欲狂，多少人的辛苦努力没有白费。可是此时的中国一场革命铺天盖地而来，不但他们，更多知识分子的命运都将为此发生巨大改变，研究工作陷入停止状态。

但是有了这个好的开头，大熊猫的保护工作算是启动了。13年的合作，WWF的钱到位了，卧龙的道路房屋电站修好了，研究大熊猫的专著出了好几本。不过，13年来，没有繁育成活一只大熊猫，当然，那是后话了。大熊猫的生命密码，对人类还是一个谜。

我不得不再一次佩服加尔比恩的天才思维。他放珍妮回去的时候给她的脖子上装了跟踪器，所以他对珍妮的行踪了如指掌。他从跟踪器里掌握了整个熊猫家族的动向。

"我可能真正要发大财了！"他兴奋地到处购买捕兽器，找更大的船。

当然，他已经和山下的猎人建立了联系，捕猎完全不是问题，只要他肯出钱。只是他了解这些曾经给他带来巨大财富的生物么？而且我们这么做是在犯罪，它属于中国。这个国度经常被人掠夺，很多宝贝都曾经流落海外。

"埃德蒙，你总是书生气十分浓，即使我们不把大熊猫运出中国，虎视眈眈的德国人、英国人和美国人不把它们偷运出去，而且他们的手段更加野蛮粗暴。"加尔比恩有些气愤，"好吧，先不说美国人和德国人，就说中国人，你看那些村民，他们为了吃肉和得到它们的皮，不也是大举猎杀么？我们这么做，反而会向全世界宣传这种生物的珍贵。至少有很多人知道了中国有这样的物种,这对科研也是好事。"

他总是有能说服别人的道理。

有一个中国女人对我们的行踪特别关注。她好像是驻扎在这里的随行记者,平时住在一户村民家里,那天加尔比恩在比划比划地和村民谈价格,她之后便赶过去追问村民谈的什么内容。还好加尔比恩早已嘱咐过村民,不要告诉任何人我们在购买大熊猫,否则生意便做不成。村子里那么穷,谁会白白丢掉全家人的口粮,所以她什么也没有问出来。

今天她背着相机来到我们驻扎的帐篷,她简洁地介绍了自己。我向她介绍说我是法国生物学会会员,我们对这里的云杉树和珙桐都挺感兴趣,正在采集和制作标本。

"那你是哪个组织派驻的?"她看着加尔比恩。

我只得按事先准备好的说,加尔比恩是鸟类观察家,每年都会在全世界各地寻找珍稀鸟类,因为我们是好朋友,所以特地来中国看我。

她还是很疑心,但也没有多问。

如果她稍微看过一些法文报纸,就知道一只名叫珍妮的大熊猫早已经被从中国运送出境,并且早已风靡法国。但这是中国的乡村,不要说法文报纸,连一份中文报纸都很难找得到,他们传递信息的方式主要是靠信件、电报,还有村口的大喇叭。

我来中国之前专门学习了两年以上的中文,到现在也只能听懂一部分,中文和中国这个国家一样,都是很神秘难懂的。

村口的大喇叭里整天播放着节奏感很强的歌曲,很像战斗前夕的动员曲。不久我就看到一队一队的红卫兵在街上呼着口号,手中拿着红本本,我以为中国要向某个国家宣战。

我不得不提醒加尔比恩:"在这么多人的眼皮底下要把大熊猫运出中国,可能会比较危险吧?万一他们向政府汇报,我们不但不能带走更多的熊猫,连珍妮也无法带出中国了。"

"埃德蒙,你说错了。现在正是好时机,你没看见现在他们正忙着搞运动,没人在意大熊猫。必须得趁政府不注意,赶紧地多运一些熊猫出境。"

加尔比恩在法国的后援团已经等不及了,他们下了很大赌注,修建了几个熊猫馆舍。现在万事俱备,只欠东风,这一批冒险家,绝不会放弃这天赐良机的。不光法国,德国和意大利的很多人已经开始筹划来中国,人们对熊猫的疯狂使得他们愿意铤而走险。

加尔比恩循着跟踪器,缓慢地逼近了珍妮家族的核心地带,他一共发现了二十多只大熊猫。他目睹了这壮观的景象,兴奋得久久不能成眠。

"哎,埃德蒙,你说,要是我有一个熊猫天团,在全世界巡演,你觉得怎么样?"

我不敢回答他的话,我总是被他的想象力震惊到。但我知道,他想要办到的事情,就一定会办到。珍妮给他带来的大把钞票已填不满他的欲望。他的本质,是要抓住一切可得的机会,成为一个投机客,获得最大的利润。

"我会找到最好的驯兽师,教它们滑冰、跳舞、钻火圈、做算术,我要组成世界上最贵的表演团体。想想看,这些价值连城的史前生物还拥有独特的表演技能。哈哈,到时候说不定连总统都会夸奖我。"加尔比恩总是热情万丈,并且有充沛的想象力。

他从法国运来了大量的饼干。他的科学家朋友帮他配备的饼干,里面有各种维生素、糖分、脂肪和蛋白质,他把庄园里的鲜竹叶榨成汁,混合在饼干中,这样饼干中就会含有一种鲜竹叶的香味。以前在珍妮展览的途中他给它吃过,毕竟空运大量的鲜竹叶,成本实在是太高。

他在计划设计一条生产线,如果这样的饼干能够源源不断地由机器生产出来,就会大大减少大熊猫的喂食成本。他在他自己那辽阔的大庄园中又扩建了一些大熊猫宿舍,现在他已经有了在中国捕捉大熊猫的通道,他的熊猫天团计划已完成第一步。

　　他重新打造了我们在草金坡的营地。他把大量的杜鹃花移植在营地周围，鲜笋也被他连根移栽过来。在草坪间他散放着大量苹果和草莓、梨等新鲜水果，自制的美味饼干也放在了营地周围。当然，周围也有不易察觉的大网和捕兽夹，他很耐心，有条不紊地准备着这一切。接下来他需要时间，耐心地等着珍妮带着她的同伴来到这里。

　　其实我有时对自己再一次来到中国感到迷惑，我并不十分赞同加尔比恩的做法，所以更多的是抱着旅行的心态走四方，这一次我继续云游到成都。

　　这真是一座无比美丽的城市。满城芙蓉花开，艳丽的花朵映衬着晚霞，蓉城就是它的别称。它在中国历史上也是鱼米富饶之地，俗称天府之国。"九天开出一成都，万户千门入画图"，在中国偌大的历史版图上，成都是唯一建城以来城址以及名称从未更改的城市。这座西南重镇、巴蜀之都，历代都是西南的政治、经济、文化中心和长江流域的重要城市。我徜徉在它满街的茶馆里，几乎吃遍了所有的川菜、小吃，当时也爱上了麻辣火锅。生存在其间的人仿佛躺在了一张柔软的沙发上，你尽可以不顾岁月流淌在其间休息，当然也可以起身前往九寨沟、泸沽湖、稻城亚丁，这些藏在深山中的人间仙境。如果你不想跋涉太远，也可以穿越贡嘎雪山，领略三星堆的神秘，可以在康巴的转经筒前许下今生的诺言。在这里，多少风霜雨雪的征途，一瞬间就陷进了温柔的怀抱。

当然这座城的神秘之处还在于它的人文历史特别丰富，既出才子状元，也出美女佳人。汉代才子司马相如，明朝三大才子之一杨慎，唐代的杜甫和元稹都曾经选择成都作为自己的久居之地。那些勇敢追求爱情的才女卓文君、花蕊夫人、薛涛也在成都演绎了千古爱情传奇，我在琴台路上去参观了相如文君的旧址，也去看了薛涛井和杜甫草堂。走在成都街头，每一步都是历史。这些厚重历史赋予了这座城市深邃古朴的气质。我曾经写信给安娜说，如果可以择一城而终老，我会弃巴黎而选成都，在这座繁花似锦又庭院深深的城市，和她一起听川剧，打太极拳，喝盖碗茶，了此余生。

说起成都的茶馆，给我印象最深的除了数量之多，还有众多配套服务、娱乐活动、休闲保健项目。从挖耳朵到浴脚、按摩；从棋牌到说书；从小吃到便餐，应有尽有。这可能源于成都终年湿润，天府人爱吃麻辣烫，吃多了便会燥火，清淡的茶叶正好可以调节，加上四川盛产茶叶。许多人还把成都茶馆、巴黎酒吧、维也纳咖啡馆并列为"世界之饮"。当然成都茶馆有它自己独特的风格，无论你走进哪家茶馆，都会看到竹靠椅、小方桌、三件头盖茶具、老虎灶、紫铜壶，还有那堂倌跑堂添水的功夫，无一不给你留下深刻的印象。说书的、表演曲艺的都把茶馆当作演出场地，此种活动一直保留到现在。坐在茶馆中，茶客们还可听清音，可打盹儿或者看闲书、录像片，要么就两三个人在一块儿摆龙门阵。成都茶馆有妙不可言的社会功能：休闲、聚会、娱乐和民间法庭，三教九流都在此聚会。大熊猫身上的黑白两色据说是中国太极图案的颜色，所以有人认为熊猫也有与世无争的太极精神。这神秘的中国和神秘的熊猫，到底有什么联系？为何别的国家都不见这个物种呢？

成都的气候也非常宜人，冬天的平均气温在 7 度~8 度，最冷的 12 月到次年 1 月，也几乎没有零下的温度。夏天更不用说了，矗立在四川盆地四周的高山挡住了热浪，最高温度在 33 度到 38 度之间。

我在成都待了二十多天，加尔比恩拍电报给我住宿的旅馆，催我赶快回宝兴。

这次，他抓住了两只大熊猫，都是珍妮带回来的。她在自己家的竹林待着，有两只个头较小的熊猫寸步不离地跟着她，当然还有两只较大的熊猫，看起来是她的爸爸妈妈，在看管着她。加尔比恩用望远镜观察大熊猫的一举一动。终于有一天，珍妮带着两只熊猫，逃出了竹林，她自愿投进了加尔比恩的罗网。

珍妮沿着她熟悉的气味，找到了加尔比恩。加尔比恩不费吹灰之力，抓到了两只大熊猫，他现在要尽快地把它们运走。可是第二天那几个村民找上门来，阻止他把大熊猫运出村庄，还扬言要向政府报告。他们最后和加尔比恩达成了协议：每只大熊猫900元，以后只要加尔比恩给钱，他们还可以为他们捕获更多的大熊猫，条件是加尔比恩只能从他们手中购买。

这简直解决了加尔比恩的后顾之忧，他只需付钱，不用辛苦地捕捉大熊猫，而且解除了被村民监视的危险。所以他爽快地答应了，还预付了两只大熊猫的钱。

（16）神秘的成都平原

我说服了萍萍和美美，她们对山外的世界充满了向往。李龙龙和王小妮对我不时崩出的法语和英语颇为反感，他们以为我在炫耀，其实那不过是生活的阅历和痕迹而已。对，我在各个舞台上亮相，他们用各种语言欢呼我，久而久之，我也算精通几国语言的人士了。要想有更大的舞台，你不学会沟通，那怎么行？

我给他们讲瑞士的雪山时，他俩异口同声地说："有我们家乡的雪山高吗？"他们还质问我："你说过的法国饼干，有玉米棒子好吃吗？有新春初长出来的竹笋好吃吗？还有你说你住的房子里面有一个会吹风的机器，吹出来的风冬暖夏凉，你难道夏天没有在溪边冰凉的石头上躺过，那一阵透心的凉是你那机器能吹出来的吗？冬天有干谷草铺好的岩洞，大家挤在一起那体温的柔软还比不过一台机器？"

我还没有告诉他们我看过的更多的机器，有放进一把米粒，出来就是爆米花的；有只要我往镜头前一站，就可以打印出另一个我的，只不过不会动而已；当然也有和我一模一样会动的熊猫机器，会说人话，会端杯子，会扫地，只不过不会哭而已。我坐过飞机，天上除了云还是云；我还看见人们对着一台机器说话，那机器里就会出来应答声。

李龙龙对我的变化感到沮丧，最直接的影响是，他觉得我和他已经是两个世界的人了，我对他的爱因为我去过更大的世界，消失于无形。

我以前那么讨厌他接触王小妮，可也不得不承认，比起与他一起留守在山中的王小妮，我爱自己胜过爱他，他只是我世界的一隅，却是她的全部世界。

见过了如此广阔的世界，再要回到从前循规蹈矩的生活已无可能。何况，我在米兰见过的那只大熊猫，他已成为我新的牵挂。我在冥冥中相信，我一定还会和他再次相遇。

我辗转反侧了一个晚上，决定带着萍萍和美美离开。

可是我的爸爸妈妈对我严加看管，他们思念我两年，绝不可能让我再得而复失。妈妈天天守着我，她生怕哪一天我又不辞而别，她对我说的将来一定带她去看我看过的风景根本毫不在意。她说："珍珍，孩子就是娘的根，我们大熊猫的一生多么短暂，用来相守相爱都不够，我可不想为那些根本不重要的东西浪费时间。"

我很诧异，不过一年多时间不见，我那暴脾气的妈妈变得多愁善感，她亲自给我爸拿工具，给我哥盛饭，真是岁月催人老呀。我的爸爸仍然反对我对人类过分的好感，即使有时候我只是当着别的熊猫讲了一点吃过的食物，玩过的小玩具，还没聊到人类半个字，也会遭到他的呵斥。他害怕我描绘的那个世界引诱了家族中的年轻人。

我不愿意承认，这个给过我温暖和宁静，使我朝思暮想的家此时却让我感到陌生。我并不后悔两年前的蠢蠢于动，你要想和别人有不一样的结果，注定要走和别人不一样的路。他们还不知道大熊猫的舞台有多大，而我必须做那改变家族命运的吃螃蟹者。

其实我的再一次归来已经让家族中的很多大熊猫产生了羡慕和逃离之心。毕竟，我的谈吐，甚至我脖子上可以发出红光的项链，都构成他们不了解的世界的一部分，而人一旦有了向往，就会蓄积改变的力量。萍萍和美美已是我的忠实粉丝，所以当我说出了"逃"，她们眼中泛着光，没有丝毫犹豫地点了点头。

我去后山采来地衣草，一种叶子狭长开蓝花的植物，微甜有香气。有一次我和李龙龙在后山被它的香气所吸引，带着好奇心我俩只吃了几片叶子，没想到就在那里昏睡了好半天，直到爸妈把我们拼命摇醒。我妹妹欢欢，还有二婶家的花花，都吃过这种植物，和我们一样昏睡了半天。这已是我们小孩的秘密。父母们不知道，一旦孩子成长到一定年纪，她们的世界与父母的世界之间就像隔了一层毛玻璃,你看得到他们在聊天玩耍,却不知他们具体聊的什么玩的什么。

晚上我帮着妈妈准备晚饭,把爸爸采下的竹子撕皮,截成一小段一段,把叶子顺着杆子卷起来。我把采来的地衣草在每一段竹子里都缠上一片。我妈妈看我默默地帮她准备晚饭,对我的行为很满意。

晚饭时间,我拿着卷好的竹叶递给爸妈:"对不起,爸爸原谅我,我不该和你们顶嘴,是我不好。"

爸爸疼爱地说:"没事,我们都爱你,珍珍。"他们俩又一次流泪了。

几分钟后,我的爸妈被藏在竹子中的地衣草催眠,我叫出了萍萍和美美,飞快地跑出了竹林。

在加尔比恩和埃德蒙的营地外,我带着美美和萍萍饱饱地美餐了一顿,他们还吃到了我在法国吃的饼干,虽然他们看起来并不爱吃。

当然最后是一张大网罩住了他们俩,我示意他俩不要反抗,因为这只是我们和人类的见面仪式而已。那以后,加尔比恩用同样的方法捕获了我的家族更多的大熊猫,我已被列为大熊猫的黑名单,他们认为这是一种极其可耻的投降和背叛。

爸爸带着家族迁往海拔更高的地方。他们能做的,就是离人类越来越远。

但当时的我,心里满是开拓者的自豪,我给了他们一个看更大世界的可能。可是我自以为的成果,不过只是人类的一个陷阱而已。

加尔比恩带着3只大熊猫回了法国。他要我继续留在中国,他给我伪造了一张法国生物协会的工作证。他说,他会尽快地在法国安顿好大熊猫,珍妮一家将会在法国团聚。医生说了,同伴和亲情有助于大熊猫保持健康。

"埃德蒙,相信我吧,我们如果筹措了更多资金,就会来拯救和改变更多大熊猫的命运。当然,它们也可以为我们带来更多的财富。"加尔比恩知道我的疑惑,他总是能控制我。

在3只大熊猫抵达巴黎之前,加尔比恩已做好了足够的宣传攻势。他在参议会的议员朋友向总统建议,为即将到达的熊猫在全国开展征名活动。为熊猫在各个城市的展览征集赞助商家冠名权。所以珍妮一行还未抵达法国,已经万人期待。

当专机停在停机坪,盛大的欢迎仪式已经开始,没有珍妮的法国人像得了饥饿症。这次不但珍妮回来了,还带回了两只大熊猫。加尔比恩简直像法国人的民族英雄,当晚他就受到了总统的接见。他从一个社会底层的暴发户跻身上流社会，很多人羡慕他非凡的好运，他的勇气和冒险再一次为他带来巨大的声名和财富。我一直没法思考一个问题：究竟是熊猫留在家乡好，还是让它像现在这样，为人类带来快乐好？可能我们对大熊猫的了解还是非常有限，时间太短，环境对它们的影响还没有显现出来。

其实人类思考这个世界是非常原始的，只以利己为最大标准，一切利己的，都是好的；一切不利己的，都是恶的。

现在美美萍萍和我都受到了无微不至的照顾。有人喂食新鲜竹叶、水果、牛奶、含多种维生素的饼干，还有管够的山泉水。

可我反而有一种被过度照顾的别扭。

每天有人准点叫我起床，拿起铁棒撬开我的牙，量体温，用秤称我的粪便。更多的人长篇累牍地撰文，称我为"史前生物"。美美和萍萍再也不用担心食物不够，她们很快变胖了。她们非常感谢我把它们带出了家乡。

现在我已经在法国电视台公开亮相，和当红主持人一起，开了"熊猫论道"栏目，我随便的几声哼哼就能换来大量的点击和关注，我们三个仿佛自带流量的 IP，人们对我们的吃饭、爬树、嬉戏、亲昵的一切感兴趣，电视台的广告收入大增。

难道我们身上有什么原始的神秘武器？不管什么人，只要他们一看到我们，都会情不自禁地露出微笑。很多严肃的人，只要我们在他们面前转上几圈，他们看上我们几眼，他们的表情肌就会放松。我想，我是不知道答案的，那无所不知的大鸟应该知道吧。她知道这世间一切的秘密，巨大的火灾和狂风都是她预先知道的，她也应该知道我们大熊猫的秘密。在这片土地上生活的人们并不知道大鸟就是我们的邻居，当然，他们活得没有我们久远，不知道也是正常的。

萍萍和美美也慢慢听懂了英语和法语，不过好像是空气和食物不如家乡好，她们两个的身体不太好，没办法，出来混，总是要吃点苦头的。要想成功，必须要忍常人不能忍。她们没时间休息和睡觉，最近训练强度加大，睡得就更少了。总之，我们在国外的生活，看起来一切都好。只是我们不知道，更狂野的命运在等着我们。

（17）运动来了

在宝兴，胡教授和吴子墨的大熊猫保护工作开始引起政府重视，3年来，研究小组共普查过大熊猫的数量3次，跟踪过两个以上的大熊猫种群，记录了大熊猫种群的完整生活轨迹，救助过11只以上的大熊猫，她们正准备大干一场。

可此时胡教授却接到了撤出研究小组的通知。他找到了院领导，没用，人家一句话就打回来，我们也是接上级通知，你的问题是有关部门决定的。他主动要求暂时不拿工资，给他一年的时间，让他完成自己的初步研究。答案是不行。

眼看着大熊猫研究就要出成果，眼看着世界自然基金会就会与政府达成协议，保护大熊猫的工作已经刻不容缓，如果大熊猫的生存环境被破坏，任你再能，也绝对无力胜天。

胡教授心急如焚，他想要知道原因。一直在深山丛林中的胡教授不知道"祖国山河一片红"的"文化大革命"开始了。大饥荒的阴影还没有过去，阶级斗争的新运动又开始了。

朱镇长被县里叫去听《海瑞罢官》批判会，县委常委张俊波在会上说："山雨欲来风满楼呀，同志们。我们要响应党中央的号召，揪出我们身边藏着的走资派、反党反社会主义分子。你们不能一天到晚只顾浑浑噩噩过日子，要好好留意身边的人和事。"

朱永民回天水镇的路上闷闷不乐，在会上，张俊波点了几个乡镇作为第一批文化革命运动的典型，其中就有穆坪镇。理由就是外国人比尔为啥一到了宝兴县，要求去的第一个镇就是穆坪镇，而且还带了个女记者，说是世界自然基金会的，上级指示过这件事吗？这两个人究竟是什么来历？还有，夹金山一带驻扎了很多外来的专家，他们的背景清楚吗？听说前阵子苍耳崖还死了个大学生，是自然死亡还是有人为因素？

朱永民心想，外国专家和记者来，是县委许可的，研究小组进驻野牛村，也是县委知道的。他们是来研究大熊猫、保护大熊猫的，还能有别的事？至少胡教授他们整天在山里，除了测量地形，看竹子，就是数保护区的熊猫数量，救治受伤的大熊猫。还有那个住在村民家里的记者，和村民的关系都处得很好，还义务教村里没条件念书的小孩子识字，他们会是阶级敌人？

至于死去的大学生曾明，当时县公安局不是也来人调查了吗？是天黑迷路失足掉下悬崖的，结论也是他们下的，怎么现在又理论这件事？他实在搞不懂。

不过既然县政府点名要他抓典型，那这个任务他是无论如何要完成的。

张常委点名说到了女记者和研究小组,朱镇长来到村民张育秀的家。他问了一些地里的产出和收成,就顺便问起了吴子墨的情况。张育秀还没开口说话,玲玲倒跑出来了,手里拿着一本《海的女儿》:"朱叔叔,吴阿姨可好啦,你看这是她送我的童话书,我现在能认好多字呢。"

张育秀也跟着说:这姑娘可没话说,有学问,爱整洁,勤快,从不嫌弃咱农村人。"

朱永民引导着:"你就没发现她有什么缺点?或许做过什么可疑的事?"

张育秀想了半晌,说:"要说缺点,就是人过于活泼了些,跟山外来的那些学生们打得火热。"她想了想又说:"你知道那个胡教授,听说他是湖南人,在家里有老婆的。我见着吴记者和胡教授走得近了些,她和吴教授两个,天黑了还在树林里散步,有时她在胡教授的帐篷里待到很晚才回来。"

朱永民"哦"了一声,示意张育秀继续往下讲。

"还有,她看的书上面很多小蝌蚪。"

"这个不算,人家看的英文书呢。"

"还有,她每月去一趟县上邮局发电报。"

朱永民说:"这个情况值得留意。你继续观察,要把她的一举一动如实汇报给镇里。"

临走，朱永民又说："如果你表现得好，村上会多给你记工分，分粮食时你家可以多算半个人的口粮。"面对这从天而降的好处，张育秀激动不已，工分还好说，口粮呀，在这饥荒年代，那是救命的，比钞票还要宝贵的东西。

她不禁多问了一句："那胡教授？"

朱永民挥了挥手："一并留意吧。"

自此以后，她默默地监视起吴子墨来。

山上飘来一大片黑压压的乌云，大山的气候说变就变，看来，一场暴雨是免不了的了。在宝金山脉的人，大部分人过着与世无争的生活，他们的全部力气都花在自己家的几分耕地和几头牦牛身上，时代的风即将吹遍每一个角落，现在眼看是躲不开政治斗争了。

胡教授只有少数时间会回景山大学去，因为大熊猫的研究大部分时间是在野外。他虽然领着学校的工资和津贴，看起来却像个流浪在外的闲人，很多情况，他还是通过每季度学校院报编辑部给他寄来的样报才得知。起初，他还以为那些事与他个人没有半点关系，他终日打交道的除了大熊猫就是山上的各种植物，也没有在国外的亲戚，他还想着去跟院里争取争取，让他继续回到研究小组，继续他的大熊猫研究。直到他在回校的路上看到整个火车上都挤满了红卫兵，才意识到问题远比他想象的复杂。

1966年5月,以陈伯达任组长,康生为顾问,江青、张春桥等任副组长的中央文革小组成立,"文化大革命"异常迅猛地发动起来。

大中学校的学生率先起来"造修正主义的反",红卫兵组织蜂拥而起,到处揪斗学校领导和教师,一些党政机关受到冲击,这场运动很快从党内推向社会,社会动乱开始出现……

胡教授和德国专家的合作已经取得了阶段性成果,他发现了一个熊猫种群,就是一个大家族的聚集地。他正在确认这个家族的大熊猫数量,并准备研究大熊猫的亲缘关系对生活习性的影响,他试图发现它们的家庭结构和迁徙规律,他可不想在这个节骨眼上出什么意外,这有可能是他的研究具有突破性的一步。

而国际自然基金会与与中国政府合作保护大熊猫的工作已经取得了良好的开端,报告已由吴子墨递交给副主席比尔,一切都在顺利进行。如果自然保护基地能够得到政府和基金会的资金支持,那么对大熊猫这个宝贵的物种的保护工作将会继续向前推进一大步,大熊猫领地就不会遭到人类的蓄意侵占。当然,他个人的研究成果也将在适当的时候进行发表。

胡教授还不知道,这一场将在中国持续10年的浩劫才刚刚开始。这10年中,不要说大熊猫研究,中国的各行各业都将陷入停止的状态。而他自己,也将无可避免地被卷入历史的洪流。

野牛村的第一张大字报是从李小根家贴出的。他无中生有地指控胡教授"里通外国",现正准备将国宝大熊猫偷偷卖给外国人。他家里藏有秘密电台,还有不少外国特务跟他勾结。

胡教授得知这个消息时还在王朗考察,雍老伯给他说时他笑笑说:"真是荒唐。"但一周后,县里派人来到秀水沟,要求专家组停止所有工作,限期撤离。

吴子墨也遭到了朱镇长的提醒:"现在宝兴的形势十分复杂,你应该暂时停止跟世界自然基金会取得联系,去别的地方工作。"

吴子墨激动地说:"如果现在撤走研究小组,置保护区的工作于不顾,可能会给偷猎大熊猫的人趁虚而入的机会,破坏大熊猫种群,也会让已经颇有成效的研究工作陷入停顿。"

吴子墨没想到朱镇长会下逐客令。

她说:"朱镇长,我知道现在全国上下都在搞阶级斗争。可是经过我们近一年的努力,胡教授他们已初步摸清了大熊猫在四川境内的分布,给很多熊猫戴上了项圈正在进行跟踪研究。我们的报告已寄往瑞典总部,世界自然基金会也正在与北京林业部密切接触,再努力一把,我们就可能获得援助,在王朗、美姑、宝兴这三个重点县城建立大熊猫观测基地,更好地保护咱们的国宝。你说,在这样的关键时候,你让我们撤出宝兴,这不是前功尽弃吗?"

"子墨呀,年轻人立功心切,想尽快做出成绩,我理解。"吴子墨想反驳,被朱永民一个手势制止了,"县委下了死命令,要求我们把工作重心转到阶级斗争上来,连生产和地里的农活都要服务于文化大革命的需要,你要理解我们基层的难处。再说了,大熊猫反正都在山里,等形势好转了,你们再进来研究就是。我老朱和老百姓还是欢迎你们。"

吴子墨忍不住激动起来:"朱镇长,你知不知道有多少外国人盯着咱中国的宝贝?你知不知道这些年有多少偷猎者把咱们的熊猫抓起来卖到了国外?我们要是再不抓紧,熊猫的数量就会越来越少。现在人为的干预已经让大熊猫的活动半径变小,种群分散,繁殖力降低,大熊猫真的有灭绝的危险。"

朱镇长有些不耐烦了:"小吴同志,别耸人听闻哈。我呢,反正也是提醒提醒你。还有,电报最近也别拍了,要拍也得用中文拍,避嫌。"

吴子墨正要解释说她是向世界自然基金会汇报每月的情

况,发现朱永民并不想听她解释。

没过多久,她在村口的大字报里发现自己的名字与胡教授的名字联在一起,陷入了各种污言秽语中。

她愤怒地离开了秀水沟。

（18）熊猫天团

此时，被运送到大洋彼岸的五只大熊猫组成了熊猫天团。加尔比恩认为大熊猫要是具有一定的表演技能，那观众的激情会更高，也更愿意为演出花钱。对于一天有15个小时以上都在睡眠的大熊猫来说，要想训练他们的技能，首先得让他们醒着。但他们一醒来，第一件事情就是觅食，因为熊猫的主要食物是竹子，竹子和竹叶的主要含量是纤维素，大熊猫个子大，需要的脂肪和能量不小，他们必须得吃个不停。

加尔比恩加大了喂食特制饼干的量，有时还专门喂食苹果和糖，这些食物比竹子可口多了，萍萍和美美都很爱吃，只有珍妮难侍候一点，她每天必吃大量新鲜竹叶，不然宁可饿着。

动物园的驯兽师驯过狮子、老虎、马、海豚、海狮，但驯大熊猫可还是第一回。大熊猫看着温顺，但只要人类强迫他们做自己不想做的事，他们就会呲牙咧嘴，头朝着你的方向，不停发出像羊叫声一样的嚎叫。如果你也对它回叫，它就会跑过来攻击你。

每次驯兽师一说"注意了"，珍妮的耳朵就直竖起来，但她仍然不会照做，仿佛在说，哼，想主宰我们大熊猫，没那么容易的事。不过最终刺激珍妮学会了各种技能的，是威廉。作为在世界各地巡回演出的大明星威廉，他的表演成为各个马戏团大熊猫学习的榜样。

威廉的各种演出录像被加尔比恩反复地在大熊猫中播放，珍妮长时间地盯着那台录像机看，慢慢地，她也非常配合训练了。

或许像威廉影像中的旁白说的，人和大熊猫一样，表面看上去差异大，本质最初都是生存，最后都是自我实现。我们要做的，是想办法走上这条路，然后坚持。珍妮在这条路上渐渐熟练。

不到一个月，萍萍胖了5斤。美美的肚腩长得更圆，加尔比恩说她们的样子更萌。虽然饮食中增加了更多热量和蛋白质，她们醒来也不再急吼吼地觅食，但睡眠时间还是超过15小时，而且是白天睡觉晚上活动，因为祖上传下来的基因就这样。从中国到法国，再到意大利比利时墨西哥，她们也从不倒时差。

如果把晚上的灯光调亮一下，白天的灯光调暗一些，会不会改变大熊猫的生物钟？加尔比恩想到了一个绝妙的主意。

他重新搭建了舞台。照着秀水沟的样子，搭建了一个有夹金河、草金坡，有竹林、云杉和杜鹃花，甚至还有小鸟构成的舞台。当然,除了小溪中的水是用自来水灌进水池的真水,其他都是塑料的。

灯光调暗了。

萍萍、美美被从笼子中放出来,和着轻缓的音乐,漫步在竹林中,溪水边。来自美丽中国的美丽大熊猫,再一次惊艳了这座纸醉金迷的城市。珍妮直接表演了爬云杉的绝技,谁能料到外形笨重的大熊猫是如此身轻似燕。

不,还不够完美,他的天团不应该只有5只熊猫,他要成为这绝世珍宝真正的主人。他要在它们身上,打下人类的烙印。

训练加大了力度。首先得缩短睡眠时间,珍妮被注射清醒剂。她从熟睡状态中醒来,清醒半小时又沉沉睡去,这是远远不够的,根本没法完成任何技能。

加尔比恩要创造难得的世界第一。他要研制一种新药,人类世界早就有了兴奋剂,不知对于大熊猫管不管用。不管怎样,观众买了票,可不是为了看一只大熊猫20个小时都在睡觉的。加尔比恩要求他的团队加速研发可以使大熊猫长期保持兴奋的药物。

现在珍妮已经可以顺利地骑脚踏车和投篮,对于运动,她好像很有天赋。

爱不是在狭窄的通道里唯一的选择，而是在广袤的人群中看见彼此。在米兰初识威廉我还是寂寂无名之人，现在光景已完全不同。

小时候我妈妈老是说领地，其实到现在我才知道，那点竹子围住的领地只是一道小小的藩篱。在秀水沟，我的疆域是第100棵竹子以下的山坡，我的爸爸妈妈哥哥妹妹构成的世界，李龙龙也是我的疆域，为了独占他我常常和他拌嘴，和王小妮怄气。现在我远离了他们，也失去了他们。可是我的视野却更加辽阔，我学会了法语、意大利语和英语。

在一张高高的桌子上，放着一块滚木，滚木上放着一块木板。我会爬上那块木板，脚下的滚木滚动起来——无论技巧多高超的老虎和狮子，只要他们一爬上去，就会摔得个四仰八叉，威风尽失。我就在那移动的滚木上平衡着身体，像跳舞一样摆动起来，围观的人群发出了一阵欢呼。

骑自行车这件事萍萍和美美学了半年也没有学会。我把那自行车一推出来，借着惯性轻盈地上了车。我一点也不费力，就像飞翔的感觉。骑过了三四圈，等在路边的萍萍会飞身骑在后座，这已经是加森动物园的保留节目之一。

还有投篮。我特别喜欢篮球。第一次我看人类，哦，就是我的主人加尔比恩和他的朋友玩篮球的时候，我就很喜欢那种飞身上篮的感觉,我喜欢一切飞翔的感觉。接住投过来的球,用头顶住,再放在手中,向着篮筐,来一个漂亮的抛物线,球中了。练习半年之后,我的命中率已达90%,超过了NBA任何一个投篮高手。

这些绝技,仅我一人独有。我学习这一切的目的,都是为了见到心中的威廉,他的傲慢激起了我的斗志。如今,我已是万人瞩目的明星,我的声名迟早会传进他的耳朵。我不再是对命运手足无措的人,等再次见到他,我一定要对他说——我不管什么命运不命运,我要你留在我身边。

那次分别后,我常常想他,想起和他在一起的每个细节。和他四目相对,他的目光在我心中激起涟漪,他的皮肤比一般人更加细腻温柔,他的体温比我的体温略高,他的缠绵让人心醉。爱情就是当你想起那个人,你就心中起风。我很想用我拥有的全世界来交换跟他一起的日子。是的,爱情已来到我心中,也许我是单恋,你们都会嘲笑单恋,可我觉得单恋才是世界上最纯洁真挚的感情,如果没有回报,那我就这么恋下去。要是对方有一丁点的回报,那我的幸福就大过了所有人的幸福。我不要求我爱的人一样爱我,只要放手让我爱就好,我就是世界上最幸福的人。可是我唯一能做的,就是好好地修炼,让他为站在他身边的我而骄傲。

我的教练总爱拍拍我的脑袋，夸我有天赋。我比之前更努力，更注意他发出的每一条指令，这与他投喂的饼干没有半点关系。

我的进步很神速，不久，我就可以公开演出了。人们对我的关注已经有点超出了我的承受能力。现在我的技能已经为我加持了更多的光环。关于我的动漫已经开始投拍，住处的名字也被夸张地改为熊猫行宫，美美和萍萍也住进了单间。我们的食物和玩具应有尽有，可以说，她们应该感谢这被我改变了的命运。

我们到了德国。威廉的所在地。上次他说过，他已经成为总统的座上宾。我见过不知多少豪门贵妇，议员，总统。虽然走过了全世界，但德国仍是我心心念念之地。

明日，我将和他同台献艺。如果我们的人生是一盘棋，每一步落棋不悔，确实应该审慎行走；如果每一件事也是一盘棋，确实应该在胜负决出之后回顾总结，让未来赢的几率更大。

我也不知道自己会不会赢，我只知道在过程中全力以赴。后来多家媒体报道了此次演出的盛况：

"先出场的威廉，他高大威猛，穿着燕尾服，打着领结，十分绅士，他礼貌地向珍珍掬了个躬，训练有素的动作引起了观众的笑声和掌声。珍珍一见到威廉,好像见到了久违的故人,她显得有些激动,眼光一刻也不离开威廉。在威廉向她张开了怀抱时,她毫不犹豫地扑向了威廉,把头紧紧地靠在威廉的胸前,不停摩挲,好像在撒娇。"

"威廉会骑独轮车,这次出场,他戴了一顶礼帽,咧嘴向观众表示致意。他的双脚站立在独轮车上,车轮被它蹬得飞快。后出场的珍妮也毫不怯场,她带着她的同伴美美,骑上了双人自行车。她路过威廉的时候,威廉扔出的帽子被她不偏不倚地接住,连驯兽师也为这无心插柳的默契叫起了好。"

……

"压轴节目仍然是珍妮的绝活,投篮。她身手敏捷,目光锐利,专注地盯着篮筐,一投一个准,观众们全都被她精湛的技艺征服了。"

"演出结束,威廉和珍妮同台谢幕,他们看向彼此的眼光,好像情意绵绵的情侣。"

我付出的全部努力,都只为这繁星满天的一刻。在寂静无人的时候,他看着我,满含爱意,终于是我说出了"我爱你"三个字。我深知,即使在环境和命运相同的条件下,人们总会因对自己的期待不同而分开。可是,我不去想遥远的将来,我只要此刻,我因每一个毛孔都充满欣喜而和他相依。命运会伸出手来再次干预我们吗？或许活着的意义，就是在随机而有限的生命里，在那些无能为力中，做出过最大化的抗争吧。

现在人们已无法把我们分开，我们的表演珠联璧合，相得益彰。

我们在德国进行了60多场巡演，整整3年的光阴，我都和威廉呆在一起。我以为这就是我全部的幸福。我很自私，自私到会为了爱情抛下全部的亲情，我又很天真，以为这样的幸福会一直持续下去。

（19）美美之死

上场前，美美有些发烧。她懒懒地躺了两三天了，加尔比恩请来的医生开了药，并不见效。但是演出的票早已售完，观众想要来看她骑车和走钢丝，没有美美的表演是不完整的。她个头娇小，但身躯灵活，而且接帽子已成为美美的保留节目。

每周三次的高强度活动和训练，她真的累了，美美天天都想睡觉。上周五，来的观众特别多，美美加演的时候差点不小心从钢丝上摔下来，那天以后，她就不想再表演，为此她还绝食。但驯兽师有一百种方法治懒，而且演出场次太密集了，没有喘息的时间。他不停地在美美的耳朵旁边吹口哨，美美还是听不见，他又给她喂食香蕉，她厌恶地躲在了一边。最后驯兽师使出了绝招：向美美的身上泼凉水，每泼一次，昏昏欲睡的美美总是一个激灵。连续泼了五次之后，她终于起身接受训练了。不过训练动作完成得很不标准，我看得出来，她强打着精神，走了一次又一次的钢丝，骑了一圈又一圈的车。

其实她仍然只是个孩子，今年还不到 5 岁。演出当晚，我看出了美美的不正常，她一直在发抖，最后驯兽师出场的时候，她已经不想吃他手里的糖果了。可是灯光已打亮，演出在继续。美美骑到第 5 圈的时候，一头栽了下去。医生赶来的时候，一切都晚了。

美美的死，极大地刺激了萍萍。她们俩从小玩到大。

在威廉离开一个月之后，我的肚子里有小生命在动，我知道这是我和威廉爱情的结晶。

很长一段时间，我无法回想威廉的死。看着自己心爱的人去世，就像一个人被抽走了灵魂，你无法相信你最爱的人变成一具冰冷的尸体。

我们一起演出后，威廉还有保留节目。

这一场没有重量的黑暗将我深深笼罩。以前的黑暗是知道未来会有光，所以耐心地等等就好，现在的黑暗是在本来漆黑的夜里又用棉被蒙住头，呼吸不畅，没有光亮。这世上那个陪你一同哭，一起笑的人独自离开，留你在人群独自崩溃。

生命永远是，也仅是，我们现在要经历并掌握在手中的这一刻。这是我一直以来的人生理念。算来算去，我已离开家乡 10 年。和威廉在一起的 3 年是最幸福的 3 年。我曾问过威廉，你想家吗？

说到家这个词，他的眼中闪过一丝光亮。他的老家在秦岭，跟我的家只隔几座山。他说，除了竹子和春天的嫩笋，他最喜欢的是榛子，一种树林中的野果。他也有自己的好朋友。说到他爸妈的时候他还笑逐颜开，称他们是有史以来三观最不合的夫妻。但只要谈起他的爷爷,他的表情一下就严肃起来。

爷爷不知多大年纪了,威廉知事起就由爷爷带着。

爷爷告诉他,在很久很久以前,咱们大熊猫是肉食动物,总是处在食物链的顶端,体型越变越大。在灾难到来之前,大动物吃小动物,肉食动物总是显得更为强势和高级。灾难一旦来袭,大型食肉动物纷纷灭绝,体型越大,遭灾越重。恐龙灭绝之后,世界重新洗牌。大熊猫在大自然的选择中竟然幸存下来。从那以后,我们的始祖就改变了自己的食物结构,变成了以植物为主食的生物。在大量的植物中,我们又选择了存活和繁殖都较为容易的竹子为食物。今天大熊猫和很多食草动物不一样,我们仍然是杂食动物,但吃竹子的基因却代代遗传下来。

威廉6岁的时候离开家乡,走的时候爷爷已经生病了。他独自在云杉树下玩耍,一阵雾气袭来,他就失去了知觉,醒来时他已经身在铁笼中。

他和我一样,曾经沉浸在繁华世界的千变万化中,以为那是浩瀚的星空和广阔的大海。但我明白,其实回过头来,只有故乡那一小片竹林才是心中最为惦念的地方。只不过,这样的醒悟得等你到繁华落尽才会返璞归真地呈现而已。

现在我们正在过一生中最为光华灿烂的岁月:他正值盛

年，我也是花蕾初放。我吻着他的时候，正好他也爱着我。

我们作为搭档，他懂我的每一个眼神，我知他每一个心思。那共舞的默契和快乐不可言喻。我俩常常出现在各大媒体的头条，和心爱的人比翼双飞，已经不在乎世间荣辱。但有这美景加持，我的幸福比往日更胜。我知道，他也深深爱着我，他已经放弃了表面的那份骄傲。他对我更加温存，更加体贴，他是我不可替代的王子，我也是他唯一驯养过的玫瑰花。可世间好物不坚牢，彩云易散琉璃碎。

虽说人不可贪婪，我想一直留在此刻却是我唯一的贪心。如果一定要用什么来换，我愿意是全部的名利。那些浮夸的快乐终不及此时此地灵魂的颤抖来得可靠。

我们去过了加拿大、意大利群岛、地中海沿岸，下一站就是自由女神所在地美国。美国这个国家，被称为冒险家的乐园。纽约，这是一个不拘泥于传统的城市，嬉皮士、朋克、同性恋、种族歧视多种元素并存。我和威廉在这个城市同样大受欢迎。美美和萍萍因为营养过剩已经越来越胖了，他们也学会了新的本领。不过我们的团队又添加了几只新的大熊猫，他们的风头略减。

而这一年，留在家乡的李龙龙，还有我爸妈，已经永远不可能得知我在外面的风光了。我那风烛残年的爷爷，早已经去世。

威廉终于和我分开了，都说一寸相思一寸灰，这样的离别我已承受不了。如果我知道威廉会死在我的面前，那晚我就不会跟他怄气了。

我和威廉的合体演出受到了巨大的欢迎，我的主人和他的主人都不再愿意我们分开，不管是出于利益还是别的。我们两个在一起，肾上腺素明显增高。我们两个的恋爱对人类是有好处的，要知道，两只大熊猫同时发情的可能性还真不高。而且大部分大熊猫每年的发情期只有二十多天，要指望每年这二十多天的发情期孕育出熊猫宝宝来，还是一个小概率事件。所以我们的恋爱给了我们的主人很大的期望，我们被允许日夜在一起。当然不管是在德国还是意大利，我们都相处融洽。我能感觉到威廉对我比以前更热情。

可没有任何一段关系是一帆风顺的。我发现威廉对动物园的另外一只熊猫表现出了好感，我们在纽约的布朗克斯动物园，遇见一只娇小可爱的大熊猫，大家都叫她米小姐。米小姐身段灵活，会跳特别的摇摆舞。

和米小姐比起来，我为自己的身材自卑。有好几次，看见威廉目不转睛地盯着她看时，我都恨不得冲上去往她漂亮的脸蛋上泼硫酸。驯兽师发现了我的攻击倾向，把我和米小姐进行了隔离,只留威廉单独跟她在一起,这更加剧了我的不安。我看得出来,米小姐对身材魁梧的威廉也很有好感。也许我的主人根本就是要促成他们在一起,对他们来说,这只熊猫和那只熊猫本质上是没有什么区别的。他们常常错误地以为,只有人类才有情感,他们简单地把世界分为两极,人和动物,或是高等动物和低等动物,所以你要是试图去跟人类讲道理,他们那根深蒂固的偏见直接可以把你气死。

晚上威廉回到熊猫馆,我便不再理他。他不知道自己做错了什么,还以为我是连日来的演出导致的疲倦,所以自己待了会儿也就睡下了。

第2天,按照演出日程,本来我骑完脚踏车是要等着在马背下的威廉一起过来谢幕的,但我没有等它,也没有听驯兽师的指挥,而是自顾自离开了舞台。

当晚,我的不配合遭到了严厉的处罚,不给吃晚饭。威廉没有过来安慰我,而是在一旁边愉快地吃着晚餐。这个粗心的男人让我心灰意冷。

第3天,威廉和米小姐重新组合表演,我则在舞台旁边的笼子里待着,面壁思过。

米小姐和着欢快的音乐声跳起来了,威廉在马背上倒立,他们没有经过磨合,在驯兽师的指挥下,合作得十分完美,那一刻我忌妒得发狂。也许米小姐才是适合威廉的搭档,她那么轻盈,那么漂亮,看向威廉的目光含情脉脉。威廉也被她所吸引,他注视着她,用曾经注视过我的温柔而炙热的目光注视着她。哦,我简直要疯了,我在笼子里疯狂地跳动,驯兽师以为我被激发了演出的热情,他还得意地向观众说,瞧,珍妮也被现场的气氛感染了,她也想回到这个舞台,我们让她休息好了就重返这个舞台,继续为大家表演,大家说怎么样?

"好。"

威廉也跟着说:"好。"

好你个大头鸟,看我怎么收拾你。可是如果他真的爱上了米小姐,我要怎么办?威廉是我的,必须是我一个人的。我不能和任何人分享他,也不能允许他移情别恋。

晚上,他和米小姐一起吃晚饭,我一个人吃。我不能违逆人类,我对于他们来说,不是可以用感情来对待的生物,他们只认为我无故顽劣,需要按他们制定的行为规则来进行约束。

第4天,威廉继续和米小姐搭档演出。他看米小姐的目光更加热烈,他已经像一个被新欢所迷的男人一样,把我和他的感情像抹布一样抛弃了。

我从一开始的极其愤怒变得十分悲伤和恐惧。我害怕就此失去威廉的爱,害怕他爱上米小姐。我要用自己的办法把他争取回来。

我拒绝吃晚饭,拒绝活动。

我成功地引起了主人的注意。毕竟一只大熊猫还是很值钱,我是他的摇钱树。但也仅此而已。

驯兽师仔细地观察我,他回想起来,好像是威廉和米小姐搭档之后,我的情绪开始反常。或者是,我太想念舞台,想要上台表演。不管怎么样,只要我和威廉在一起,我愿意更加努力地讨好人类,我不想离开我的威廉。

果然在第5天,我和威廉又重新搭档。他没事人一样上来就亲吻我,这个讨厌的男人并不知道自己做错了事。我又气又爱,反应很不自然。

但我认真地做着表演前的准备,感谢人类,我和威廉又要重新闪亮在这个舞台。

可是,怎么还是有米小姐?

我今晚的出场顺序还在他们俩之后。米小姐的开场歌舞后就是威廉的接帽子游戏,就是驯兽师把帽子抛向各个方向,威廉都能准确无误地接回来。

之后我会上场骑车,在场上骑行三圈之后,威廉会跳上我的车后座,我们一起继续骑行。

但今晚不一样,今晚威廉接完帽子和米小姐一起拥抱谢幕。看得出来,能和米小姐在一起,他很开心。

我骑车撞倒了米小姐,也撞倒了威廉。我还以巨大的力量撞倒了舞台两边的柱子,它们倒下来,砸到了驯兽师。我听到了几声惨叫。我希望米小姐死。但她只是受了点轻伤。

威廉死了。

这是动物园演出的一次事故,演出因此停止3周。

这是我人生中的一次地震,因为我的任性,我杀死了自己的爱人。

我看见威廉倒下去,听见他惊慌的叫声,这不是我想要的。我只是想要给他一点小小的教训。可是他的眼睛紧闭,再也听不见我的呼唤了。

我觉得眼前一片黑暗。他们在说,兽性,任何野兽最终都会暴露兽性。

不,不,这是忌妒和恐惧使我情绪失控,我无意伤害他。我和人类一样,有时内心藏有一个黑洞,它积蓄起来,需要一个出口而已。

别人怎么评价我,我并不关心,我的痛苦在于,我已经找不到存在于这个世界上的意义。威廉是我的光芒,因为他,我离开了故乡。因为他,我看到了这个世界的丰富多彩。因为他,我尝过了爱情的滋味。也因为他,我生活得生机勃勃,觉得每一天都是新的。

现在他却要独自走掉,而且是怀着对我的怨恨。我恐怕永远无法原谅自己。

郁郁寡欢了两个月之后,我的主人又让我回到了巴黎。因为我的演出经常不在状态,没过多久,我便离开了舞台。

离开舞台的我,逐渐被我的主人忽视,我的健康也每况愈下。

（20）饥饿的日子

在无处不在的饥饿的逼迫下，打猎行动又偷偷开始了。野猪，野鸡，獾，各种鸟。当然，也包括大熊猫。

大熊猫天生亲近人类，只要稍稍准备一点玉米，或者让他们闻到一点糖果的香味，他们就会大大咧咧地晃着脑袋走过来，嗅嗅食物，旁若无人地吃起来。他们的基因里好像不怎么防备人类。有时一只大熊猫来，回家传递了信息，一家四口都来。硗碛村的村子里都在流传一包水果糖捉住三只大熊猫的新闻。一只大熊猫厚厚的皮下脂肪足让一家几口人保住两个月饥荒。在这个天天都有饿死人的消息传出的年月，能活下来才是王道。

这天，索朗望堆家打到了一只大熊猫，当时本来是两只，母亲带着孩子在觅食，在一棵大树下双双掉进了索朗他们设置的陷阱里。母亲为了救孩子出去，在洞里拼命扑腾，最后没有成功。在索朗他们收网的时候，母亲力气大得惊人，而且差点咬伤了索朗的弟弟丹增，他们四个人用尽全力也没有制服她，她成功逃走了。

晚上，趁村里人都睡熟，索朗家才抬出下午捕获的大熊猫，先是用布袋子蒙住他的头，嘴巴里塞住一大捆烂布条，绳子捆住四肢。就这样也得两人扶住，用大铁榔头对着他的脑袋，狠狠地砸下去，布袋里传来闷声的嚎叫，片刻，它就不再动弹。

然后就是把大熊猫整只挂在树上，进行剥皮，得小心地剥，才能有整张的皮。挖去眼睛部分，剩下的头要先放一旁烧开的大铁锅里炖着，然后是熊掌、骨、肉给切成一小块一小块，放火上烧了就直接吃。

索朗和弟弟们麻利地做着这一切。

毡房外不远处的一棵树下，一只体型较大的大熊猫默默地看着眼前发生的一切。

这是美国人理查德所著，一本骇人听闻的故事书。

第一个故事：1913年，德国布列斯劳和汉堡。

一个修道院的女仆，23岁，突然精神病发作，尖声大叫，说是魔鬼附身，神情呆滞，浑身抽搐，未经激发地大笑不止，吞咽困难，卧床不起，不到两个月就在癫痫中死去。

一个叫做克罗伊茨费尔特的德国医生解剖了她的尸体，发现在她的脑部，没有发炎，却严重受损，有不知名物质杀死了数以百万计的脑细胞。他意识到这是一种新的疾病。

1920年，他的论文发表时，引起了另一个叫做雅各布的德国医生的共鸣，在他的手上也死过类似的病人，从此这个危险的脑部疾病就被命名为"克—雅二氏症"。

第二个故事：1950年，新几内亚东部高地，南富雷。

高山深夜，月白风清。一群有着乌黑皮肤的妇女带着她们未成年的孩子，将一具老年妇女的尸体，拖进一块鲜花盛开的马铃薯地里。她们都是她的女性亲戚，心中充满了怜悯，也充满了期待。

不一会儿，在死者的周围，篝火点起来了，在熊熊的火焰照射下，死者的女儿和儿媳拿起了用竹子劈成的刀子，切进死者的身体。一场盛宴就这样开始了。

女儿扭下母亲的手腕和脚踝，锯开筋骨，将骨肉分离。又把手臂和大腿的皮肤撕开，把血淋淋的肉块分给急切等待的亲友。接着是打开胸腔和腹部，肝脏、膀胱、肠子、脑髓……，甚至连脸部也在可吃的范围内。通常还要加上一点野菜和香蕉叶一起烹煮。

几年之后，一个来自美国的小儿科医生和病毒学家，后来获得了诺贝尔生物学奖的加得塞克，来到了南富雷。不过，吸引他的不是吃人的盛宴，而是发生在这里的一种新的病症——库鲁症，也叫"笑死病。"

这个病的典型特征是：第一个月步态蹒跚；第二个月颤抖、傻笑，说话不清，不能自已；第三个月全面瘫痪。接着是失去吞咽能力，活活饿死渴死。而最痛苦的是，病人始终相当清醒。

第三个故事：1959年，伦敦。

加得塞克收到一封来自伦敦的信，写信人叫海德娄，一位伯克郡的兽医，专门研究一种绵羊的古老而神秘的疾病——羊瘙痒症。

得这种病的是羊不是人，但是它们得病后的症状：走路不稳、颤抖、眼瞎、摔倒，最后死亡，以及没有人知道病因等，都和人类的库鲁症有相近之处。

羊肉是人类的食物，它们和库鲁症有什么关系吗？

第四个故事：英国。

一个叫惠特克的医生接到一个奶农的电话，一只母牛举止怪异。在那个叫普仑顿庄园的地方，惠特克看到了病牛有很难控制的攻击性，身体协调性很差，站立不稳，东倒西歪，很快就毙命了。

一种发生在牛身上的疾病出现了：疯牛病。科学家在研究中发现，人们把肥肉、骨头、内脏、头、尾巴、血，牛、羊、猪的尸骸，甚至家禽的羽毛，放到大锅里提炼黄油，剩下的油渣用庞大的机器磨碎，制成肉骨粉，作为奶牛的饲料，生产廉价的奶和肉，再提供给人类作食物。

没多久，疯牛病传染给了人类。

上述事例说明：在这个有着几亿年历史的星球上，大自然为每一个物种都规定了它们的食物和不可逾越的行为规范。比如，植物吃土壤里的营养，草食动物吃植物，肉食动物吃草食动物，肉食动物死了，又成为食腐动物、猛禽、蝇虫，以及微生物的食物，最后被分解成土壤中的营养。如此往复，这是一条天地自然的食物链，我们人类也被牵扯其中。

但是，由于好奇、贪欲和为所欲为，人类试图用自己的力量改变这一切，使自己过得更加轻松容易。事实证明，人类受到了致命的惩罚。

（21）棕色大熊猫和地震

　　大量的猎杀行动已无法使政府视而不见。在宝兴建立了保护站后，王朗、美姑也陆续建立了保护站。虽然保护站的人手不够，但他们手里有枪，如果碰见猎杀黑熊和熊猫的，可以开枪警示；继续行动的，可以用枪执法。

　　我准备再去藏区的九寨一趟，听说那边的风景特别优美。当年戴维带回来的照片堪称人间仙景。那里的植物种类也特别繁多，而且那边也有大熊猫和金丝猴，有丰富的古化石和冰川。我在诺日朗静静地待了一天，我想，我们对这个有着几千年历史，数十个民族居住，各民族和各种文化在其中交融通会的国家、对大熊猫这个神奇的生物了解得都太少了。或许每种生物各得其所，才是大自然的本意。

　　我最了解的当然还是珍妮的家族。加尔比恩离开中国之前，特意给一只熊猫戴上了跟踪器。这只有些跛脚的熊猫自从珍妮回来之后就一直盘桓在她左右。这是一只成年雄性大熊猫，他全身大部分为黑色，倒和大部分为白色的珍妮相映成趣，天生是一对。

　　尽管加尔比恩百般恳求我留在中国，我却决定归去，我也开始思念自己的家乡，异国他乡的景色再美，有亲人有爱的地方才终归是我们的归途。

"文化大革命"继续开展，工厂停工，农民停产，胡教授回到学院，学院也停课了，学校的行政大楼和教师宿舍都住满了从全国各地串连来的红卫兵，老师们被批斗成了家常便饭。研究小组自然解散了，胡教授回到了老家遂宁乡下。

现在他的研究工作停止了，他只好躲在屋子里，整理从山上采集的植物标本和在大熊猫研究中记录下来的厚厚几大本的日记。

夫人和孩子从来不会惊动工作中的胡教授。家里人明白，他现在不但大熊猫的研究做不成了，连回学校上课的机会都没有了。再不让他在家里鼓捣鼓捣，可能他的精神就垮了。

胡教授在整理资料中发现：秦岭一带曾经发现过棕色大熊猫。棕色大熊猫应该是大熊猫的变异品种，历史上只发现过四只。现在四川的大熊猫种群分布基本清楚。但为做全系研究，怎么能少了棕色大熊猫的踪影呢？9月，他决定动身前往卧龙和秦岭。没有工作之后，坏处是他的研究再也得不到资金支持了，好处就是，他可以自由去到丛林中。

卧龙的地形十分复杂，在巴郎山探索了两个多月，胡教授没有发现大熊猫。他白天带着水和干粮，每天走6个小时左右山路。傍晚就在帐篷周围升起火堆驱赶野兽。

9月下旬,天气更加寒冷,冬天大雪封山,是不适合做野外调研的。胡教授以为自己此行要无功而返。9月28日,深秋的密林中静悄悄的,胡教授终于发现了大熊猫活动的踪迹。从竹子的咬痕来看,它只吃得动比较嫩的竹叶,看样子是只幼小的熊猫。他沿着脚印一路找寻,突然发现一只很小的大熊猫在一堆腐叶上趴着,浑身的毛都被淤泥裹住了,看起来脏兮兮的。看样子是和自己的妈妈走失了,掉进了被腐叶盖住的淤泥沟里。他以为小熊猫生病了,就扯下周围的草轻轻擦去糊在熊猫身上的淤泥,它的毛色略浅,好像是白色的,脏了看不出来。胡教授解开背包,拿出自己的一件毛衣,轻轻地包住这只小小的大熊猫,把它带回了自己的帐篷。由于她个头十分娇小,他给她取名为娇娇。

娇娇就像胡教授的孩子。胡教授细心地照顾这只大熊猫,一个星期后,雨水淋干娇娇身上的污泥,他发现,这正是一只棕色的大熊猫。

现在胡教授有两个选择:一是按照德国专家的方法,给它戴上项圈,放归野外,持续地跟踪它的踪迹,以取得进一步的数据。二是把它带回四川,交给成都动物园饲养。

当年胡教授和德国专家们一起建起了大熊猫研究棚时,德国专家采用了他们认为先进的设备和手段:挖陷阱,捕熊猫,打麻药，戴项圈，再把大熊猫放到野外，再用无线电跟踪观察监控记录。可惜，这样虽然看起来效率是高了，但第一批戴上项圈的大熊猫无一例外死于非命，有的被偷猎者的猎套勒住喉咙，窒息而死，有的项圈被挂在树枝上，被活活吊死……而且使得它们更加不信任人类。如果这只罕见的棕色熊猫因为他的一个错误决定死于非命，那他就是大熊猫研究史上的罪人。

以他现在的身份，带回成都动物园，几乎是一件不可能的事。如果造反派知道已被打成右派的"臭老九"不知悔改，还在偷偷做研究，那将会给他和他的家人带来灭顶之灾。

他无法做出任何一种选择，唯一能做的就是多拍一些和它在一起的照片，多跟它待一些日子，再把它放归大自然。

现在好了，娇娇属于胡教授一个人的了。这是一只半岁左右的雌性大熊猫。可能是因为和母亲走散了，她看起来非常害怕和不安。

他太宝贝它了，虽然喜悦无处分享。他既不敢把娇娇的照片拿出去给同行看，也不敢把娇娇带回去人工驯养。他从近处买来一些牛奶和水果，天天给它吃，详细记录下它吃东西的时间，睡觉的时间，玩耍的时间以及对周围环境的反应。

多年以后，胡教授在谈及自己的研究生涯时说道——那是他最幸福的时候，因为环境的原因，他根本没有条件再从事大熊猫研究。他一度内心非常灰暗，可是娇娇的出现，使他觉得冥冥中有一股力量，让他继续把大熊猫研究搞下去。可能这就是传说中的不解之缘（1983年，史料记载，在秦岭地区发现了两只棕色大熊猫，一只大一只小，看起来是母子）。

我们来说说领地。当人类肆无忌惮地扩张时，他们有没有认真地思考过此事。有没有想过，为了开垦荒地种粮食，一把火烧掉山林，也烧掉了多少动物的栖息地。有没有想过，猎杀一头幼熊，可以使一只母熊患上抑郁症，最后自杀。有没有想过，一些鱼只是离开熟悉的江河暂时去到另一条江产子，回家的路上却遇上了他们修建的拦河大坝，几百万条鱼再也回不了家。

自私的人类从来只会考虑到自己的利益，他们只有强者的逻辑，却剥夺了弱者的权益。

弱者的反抗对他们会是一种警醒吗？

李龙龙到李小根门前站了3天，他认出了凶手，没错，就是这几个人杀害了欢欢，抱走了盼盼。他们必须为此付出代价。

自从始祖母带领熊猫家族来到这块聚居地，那时候没有人类，大熊猫在这块土地上繁衍生息，与其他动物自然和平共处。

人类开始侵入他们的领地。号称万物之灵的人类大肆掠夺其他动物的生存资源，一点一点侵占大熊猫的领地。现在眼看着居住在秀水沟的大熊猫又要被人类的胡作非为赶走，明亮和李龙龙家族开始了反抗。曾明之死本来已是警告，没想到人类不但不汲取教训，反而捕走了更多的大熊猫。李龙龙觉得，人类很不绅士，他们不懂得尊重别的物种。

野牛村的村民发现，一夜之间，地里的庄稼齐刷刷地被折断，很多人家里的面粉、米缸被打翻在地。可惜了刚结籽的小麦、才抽了穗的玉米，眼看着的收成即将无望。

他们专门践踏幼苗，抓走小羊，咬死小猪，这对本来已经遭受干旱的村庄无疑又是一次重击。如果人类肯不停地回顾历史，就会知道，当他们为所欲为的时候，大自然总会出来还以颜色。

这次大熊猫被逼得走投无路。他们已经迁徙过很多次，他们不想再次离开自己的家园。对于李龙龙来说，正是他的退缩和忍让，失去了珍妮，也失去了自己的家。

兵兵不再找人到处打架，他也不知道人生意义为何物，当一个人为温饱所困的时候，他唯一能想能做的，就是活下去。人类正在以他的超能力影响着各种各样的生物。作为家族的领头羊，藏在兵兵和李龙龙他们血液中与生俱来的好战基因使他们浑身充满了力量，誓与敌人一决高下。

大熊猫表面上的一团和气常常会使人低估他们的战斗能力。其实以他们历史上的战绩人类应该感到敬畏。

在东方朔的《神异经》里和袁枚的《新齐谐初集》里均有记载，大熊猫喜食民间的刀斧和锄头及竹骨，所以大熊猫又被称为食铁兽。他们体型硕大，力量惊人，牙齿锋利，熊掌的打击力也很惊人。不过人类向来会瞧不起大型动物的智商。不是有句话么，大道者无言。只是人类不懂别的物种的语言，就误以为只有自己才有交流的话语权。也罢，无知者无畏。

大熊猫对人类小小的算计并不能改变什么，反而遭到了人类变本加厉的报复，他们在庄稼地周围设置了电网，熊猫家族又失去了数名成员。

明亮和明月家族来到夹金山顶，他们要向他们的神明大鸟祈祷。

或许我们的血液里藏着远古的图腾。每次大鸟的出现，都会伴随着奇异的天象。两千多年前的诗人屈原曾经描绘过凤凰：简狄在台，喾何宜，玄鸟致贻，女何喜？

庄子也在《逍遥游》中描绘过鹏鸟："水击三千里，抟扶摇而上九万里。"大鹏就是凤凰的起源。它又被称为不死鸟，其不以花草果实为生，而是以乳香为食，在降生500年后它会落在棕榈树顶端的橡木枝上为自己搭建一个巢，然后出外搜集肉桂、甘松和没药等香料，衔入巢内，垫在自己的身下，当它呼出最后一口气会悄然死去，此时从它的身体里将飞出一只新的不死鸟，同样会有500年的生命。等这只不死鸟长大到有足够的力量时，就会把父母的巢从树上升起，衔往远在埃及的太阳神庙里。

凤凰号称百鸟之王，比我们出现的年代更加久远。而现在我看见一只凤凰出现在西边的天空，它盘旋了几圈，又飞走了。

这只大鸟，这块土地上的先民曾经叫它太阳神鸟，它轻易不出现的，现在它来了，是有灾祸要降临了吗？人们还在如蝼蚁偷生，他们不知道，一场巨大的灾难将把他们的家园夷为平地。

而这一场灾难，将在熟睡中到来。

天地崩塌，万物哀嚎，一切都将被掩埋，涅槃就此开始。

这一场山崩来临之前人类毫无察觉，我们已经知道大祸临头。所有的蛇全部从洞里出来，盘结在地上。老鼠和青蛙和平共处，排满了整个河滩，昆虫和蚂蚁集聚在一些地势高的树枝上，熊和獐子急得团团乱转。整个森林都知道这一场灾难无法避免，都开始了不计成本的迁徙。这时候我们已无心躲避人类的追捕，只想逃离这是非之地。

巨大的地震始于松潘。地下传来轰隆隆的巨响，天上堆积着厚厚的云层，大山瞬即坍塌，巨石四处散落，道路两旁的寺庙和民房垮塌。村庄沉入湖底，大地裂开了巨大的缝隙，像张开的大嘴，把一切都吞噬进去。繁华的都市瞬间变成一座废都。

到处是尸体，大地散发着恶臭，连秃鹫也不肯进食。埋在废墟下的人不计其数，哭嚎已无任何意义。只有不停地祈求上天停止惩罚，停止愤怒。

我隐约看见一只大鸟扇动着翅膀飞向西方。

活得太久或许并不是上天的恩赐，见过了这样的灾难，就是流光所有的眼泪也无法表达哀痛。上天的雷霆之怒淹没了人间的一切哀怨，一切苦难。整个宝兴、夹金沟、野牛村在上天的咆哮之后恢复了平静。

对我们的始祖来说，这样的灾难几百万年它们不知经历过多少次，最后连恐龙都灭绝了，我们大熊猫家族却躲过了一劫。这是大自然的安排，或者只是巧合？我也不知道谁可以解开藏在我们身上的生命密码。

整个穆坪镇和硗碛乡以及野牛村幸存下来的人不多,李小根的儿子和老婆都死了,他也被房梁砸中,残废了。田大壮家的小子成了孤儿。张育秀和玲玲在山里砍柴,躲过一劫。灵关镇死的人更多,活过来的人断手残臂。无数个家庭遭遇灭顶之灾。

我在冥冥中相信,是大鸟帮助母亲和大熊猫家族在复仇,一切欺骗过信任的人都不会有好下场。

人类在自掘坟墓而不自知。你只以为自己是珍贵的,可是在上天那里,一切都是平等的。其实他曾以小的事实来警告过你,比如去年春天的干旱,夏天的洪水,还有村子里不明所以的虐疾。

你们自己做的事情上天不知道吗?你们曾经吃过自己种族的女人和孩子,也用蛮力灭绝过别的种族,你们要爆发出恶来,除了上天,谁也拿你们没有办法。

（22）拯救大熊猫

明亮和李龙龙的家族节节退守。连年的干旱让竹子大批量死亡，这一次，是大熊猫家族最害怕的事：竹子开花。

竹子开一次花很不容易。十几年，几十年，甚至上百年才有一次。这是竹子的自我保护方式。那么，不同山系不同种类的竹子一起开花，要多少年才有一次？

这一年，全部发生了。邛崃山、岷山、大相岭、小相岭和秦岭，冷箭竹、华桔竹，还有大大小小、不同种类的竹子，仿佛听到了一声号令，掀起了声势浩大的繁殖行动，随之而来的就是同样规模的集体死亡。

竹子的自我保护方式，对付的是天敌，顺天承运，无可厚非。但是竹子又是大熊猫的食物，这一场大劫难，终于来到了熊猫的家。

古老的中国，以黑白为太极两色，冲究阴阳天地乾坤各守其道，凡是背逆自然之道者，均会遭受天谴。所以儒家讲究礼法皆治，讲究天道。熊猫身上的黑白两色谁说与此没有独特的联系呢？

但天灾来临时，其他动物只有顺势而居，要么被打败，要么被消灭。只有人在此时显示了非凡的智慧和勇气。

各保护区把情况逐一汇报给林业部，林业部派摄制组来到保护区拍摄了竹子开花的情况，上级意见逐渐统一：不惜一切代价，抢救因食物短少而面临死亡的大熊猫。方法就是：保护区自救一点，国家、省、市拨一点，社会捐赠一点。

县上发了熊猫救济粮，朱镇长组织保护区的人员去投喂。也有一些熊猫从野外被抢救回来，镇上一一做了登记，分配到村民家去喂养，补助由县上统一发放。

张育秀家也分到两只熊猫，安安和盼盼。都很弱小，但把玲玲高兴坏了。

熊猫不好养呀，比养自己的娃娃还要操心。先是吃奶粉、鸡蛋、葡萄糖、钙片，要按比例配好，长到五六十斤，就可以用奶瓶喂牛奶。只要主人在家，两只熊猫就不打架，在地上打滚，在桌子上爬。要是主人一出门，两只大熊猫就开始打架，把床上的被子和枕头，抓个稀巴烂，柜子上的盘子和碗，也抓落在地上，摔得粉碎。

晚上睡就睡人的床，不盖被子，蜷着睡。睡到半夜饿了，就咿啊咿啊地叫，人就得爬起来给它们弄吃的。

两只大熊猫长得好快，到一岁多时都有了六七十斤。后来，安安去了深圳动物园，盼盼去了卧龙中心，还当了英雄父亲，生了好多后代。

这一次人类参与的大抢救,使保护区大熊猫的存活率达到了80%以上。你看,说到底,大熊猫还是离不开人类,人类也离不开大熊猫呀。

与此同时,世界各地也在为中国的大熊猫揪心,总统夫人捐款,明星捐款,普通群众捐款,咱们大熊猫的食物呀,管够。

WWF向全世界发出紧急呼救,五大洲四大洋的国际组织、群众社团、华侨同胞,纷纷解囊。中国野生动物保护协会成立,会标就是大熊猫。

1974年,松潘大地震,岷山山系竹子开花,大熊猫在人类的干预下,活了下来,现在大熊猫再一次遭难。

1983年,国务院办公厅转发林业部关于抢救大熊猫的紧急报告送达,同意组织有关专家,组成抢救小组,由国家林业部副部长,人称熊猫部长董智勇负责,并要求四川、陕西、甘肃省政府协助,共同做好抢救工作。

第一次抢救工作会议,在成都召开。四川省主管林业的副省长、省林业厅长、36个受灾县的县委书记和县长全部到会。

会议确定了几项内容:

对大熊猫分布的地区进行一次全面普查,弄清开花枯死的竹子种类、面积和威胁大熊猫生存的严重程度。

紧急抢救已受威胁的大熊猫。一是把体弱有病的熊猫捕捉饲养起来；二是把受灾熊猫有计划地转移到竹子资源丰富、近期不会开花的林区；三是定点投食，补充饲料。

要从根本上解决大熊猫缺食的问题。今后要在大熊猫生存的地区引种一些新的竹子品种，搞好竹子的研究和培育，努力扩大资源。同时加强以保护大熊猫为主的自然保护区的建设和管理，保护好大熊猫的栖息环境，积极开展有关科学研究。

拟在四川省的蜂桶寨、九寨沟、唐家河、大风顶、喇嘛河等五个自然保护区，各建一个半野养的大熊猫饲养场；在大熊猫受灾的岷山、邛崃山引种箭竹，培良竹林，努力恢复其食物基地。

可是也有不少人有抵触情绪："我们现在连人的温饱问题都解决不了，还拿这么多钱，花这么大力去解救大熊猫？"

在平武县，一个白马公社的党委书记，听说中央来了大官，就穿了盛装来见。那是一件金丝猴皮的袍子，40公分长的金丝，在微风中飘荡，在阳光下闪耀着金灿灿的光芒，而缝制这样的一件袍子，至少也要十几张金丝猴皮。

熊猫部长不吭声，要求到书记家去坐坐。一到家里，好家伙，上座两张大熊猫皮。

"哪来的？"

"祖传的。"

祖传的也不行，统统没收，包括你身上那件袍子。没收完了还不算完，还有任务，白马公社挨家挨户查，熊猫皮、金丝猴皮，所有的珍稀动物皮，全部没收。

又下个文件，三省42个县全部查，全没收。

那一次，光大熊猫皮，就没收了500多张。

卧龙自然保护区有6个竹种，高海拔区域的冷箭竹开花了，有95%以上。但是，低海拔区域的拐棍竹、白夹竹就没开花。熊猫为什么宁可饿死也不来呢？就是因为低海拔是人类的领地，猎杀的行为还没有杜绝。

4年过去了，国家林业部自然司和WWF在四川开现场会，讨论的中心，就是优先解决点还是面。点，已建立的13个大熊猫保护区，只占大熊猫分布区的1/3。面，增加保护区，建立走廊带，解决大熊猫栖息地的破碎化。

点的一方认为，林业部门财力物力都捉襟见肘，能够把现有的保护区搞好，就不错了。

面的一方反驳，大熊猫的濒危迫在眉睫，1974年和1983年两次竹子开花，就死了250只大熊猫，令人心痛。1985年的第二次普查又表明，野外大熊猫的数量，已经从1974年普查的2000只下降到1000余只。所以，栖息地的扩大，刻不容缓。

点的一方又说，国家财政支持不足，民间支持的资金有限，扩大保护区，森工局停产，光是解决人的问题，就不是小数。就算一个企业两三千人，一个人只给一万块钱，也要两三千万。何况还有那么多个企业，简直就是天文数字！

面的一方又反驳，今非昔比，今天的政府已经有了足够的重视，会给一部分资金，不足的，还可以多方筹措。如果看到大熊猫灭绝，坐视不管，我们就会成为千古罪人！

毕竟有了血的教训，而且谁也不想当千古罪人。终于达成一致，先解决一部分面的问题。

中国政府又一次和WWF合作。从1985年到1989年，经过三年的调查，两年的规划，就有了《中国保护大熊猫栖息地工程》，完善原有的13个大熊猫保护区，还要新建14个大熊猫保护区，并恢复和修建17个大熊猫走廊带，工程为期10年，每年投资3000万元，总共3个亿。

1990年，国务院批准了熊猫工程，国家计委每年给280万元，10年总共2800万元，不足部分，由林业部自行解决。

虽然缺口很大，但倒底是给钱了。

林业部能想什么办法？办法还得依靠保护区来想。

（23）珍妮的宿命

熊猫天团现在已经有 8 只大熊猫，每天的消耗量惊人。

新鲜的竹叶在寒冷的法国北方已是奢侈品，食品的运输也是一大难题。虽然票价为加尔比恩和他的投资人带来了大笔收入，但他们把更多的钱投向了如何人工培育大熊猫，却并没有研究成果出来。本来珍妮曾经怀孕，可是在威廉死后，珍妮的孩子也流产了。后来欢欢也有了孩子，可是生下来没超过 3 天孩子就没了。

经济大萧条一来，看大熊猫的人也不如以前多了。虽然驯兽师变着法子让大熊猫学习更多的技能，以吸引更多的人前来观看。在一次事故中，失去了美美，萍萍也借机逃走了。后来与珍妮合作演出的威廉出了事，观众们对大熊猫接二连三的失踪和死亡很不满意。

长期给大熊猫注射激素使大熊猫每天的作息时间特别混乱，大多数大熊猫不是特别焦躁就是特别亢奋，当然也有更加贪睡的大熊猫。大多数大熊猫对异性基本没性趣，不要说交配，连发情期都没了。

又有一只大熊猫去世了。

珍妮在威廉去世之后精神状态每况愈下，在舞台上的状态也让观众很不满意。

兽医检查发现，团里的大部分熊猫都患病了。加尔比恩的投资人都意识到了巨大的风险，不再投资给他。

现在团里的大熊猫连吃都吃不饱了，饼干都没法及时供应，更不用说代价昂贵的鲜竹叶了。

有珍妮的粉丝写信给法国动物保护协会。他们强烈要求动物保护协会介入，抢救珍贵的大熊猫。动物保护协会来到了动物园。真是触目惊心，七只大熊猫奄奄一息。

很快法国的华侨也得知了此事，他们组织起来为抢救大熊猫捐款。可是法国毕竟不是大熊猫的故乡，有粉丝报告了中国驻法大使馆。

抢救国宝大熊猫的行动拉开了帷幕，粉丝们强烈要求把大熊猫无偿运回中国。

可是珍妮已经等不到这一天了。她已经无力站起来，无力进食，她的牙齿咬不动竹子，她连奶粉也喝不了了。曾经风华绝代的她，毛发脏乱，呼吸急促，腿上还有伤口。

加尔比恩不知去向，他的冒险生涯终于结束了。埃德蒙又回到了医院，他无法回答孩子们提出的各种问题，他告诉他们大熊猫是从中国来的，也是从东方来的。他们可能本来也只有回到他们的故乡去，这才是他们最终的归宿。

"文化大革命"从上到下,一干就是10年。胡教授和他的研究小组还能回来吗?十多年来,吴子墨和胡教授失去了联系,他是死是活,她一无所知。可是她知道,他和她一样,是准备把一辈子的光阴都献给那些大熊猫的。

或许和珍妮的缘分真的是一场宿命。1979年2月,在香港圣保罗中学教生物的吴子墨突然从报纸上看到一则新闻:来自东方的大熊猫在法国遭遇空前危机,法国巴黎动物园有三只大熊猫相继惨死,上万名热心市民向市政府请愿,要求拯救大熊猫。

在其中一张照片中,她又发现了那熟悉的眼神。没错,就是那只,她在宝兴邂逅的大熊猫,珍妮。已是满头白发的吴子墨,在灯下细心地看着那些照片,她再一次惊呆了,没想到她苦苦寻觅的珍妮,又出现在她的镜头里。大半生岁月已过去,这真的还是那只大熊猫吗?世事白云苍狗,人世几回浮沉,她和这只大熊猫的缘分真是不浅呐。

不,一定只是自己的错觉。不可能是珍妮。

离开宝兴之后,吴子墨也几乎彻底离开了大熊猫,但在四川和大熊猫相处的日日夜夜,已成为她心中的隐痛,她没有向任何人提过此事。

但明明镜头中出现的那只熊猫的眼神,她是那样的熟悉,她翻出尘封多年的日记。那时，她还是一个充满激情的小姑娘，总以为能凭一己之力来改变世界，对自己热爱的东西有一种单纯的执念。她曾经想要把大熊猫的一切秘密都搞懂，当年她崇拜胡教授，希望他能带领她解开这个秘密，可是造化弄人，胡教授被打成右派，她也离开了四川，去了香港。后来她跟大熊猫便没有了什么联系，虽然每当有大熊猫的消息她都会去看一下，但是再也不会像当年那样，一腔热血，背上背包就去到深山野岭。

她决定前往法国。

不过，她现在已经与世界自然基金会没有任何联系，她只是圣保罗中学一名普普通通的生物老师，在任何的公开场合，她都没有透露自己在四川的日子。大熊猫已经离她的生活很远了。

但是她下了决心，为了这只大熊猫，她要去一趟法国。已经死掉的三只大熊猫一定就属于胡教授所一直观察到的那个大熊猫家族。这么多年过去，她和胡教授也早已经断了联系。当年她被莫名诬陷和胡教授搞婚外恋，一气之下就离开了，两人再也没有联系过。离开四川之后，听说胡教授一直留在老家乡下。于是她辗转找到胡教授的地址，给他去了一封信。胡教授很快回了信，他让她去找丹尼尔，一个生物学家，巴黎大学的教授。

她以前的一个高中同学在巴黎。她给她拍了一个电报,一周之后,她和丹尼尔就来到巴黎动物园。

吴子墨在巴黎动物园再一次看到了珍妮。她对着它说了一句"小嘎妹",这是一句宝兴话,她看到这只熊猫的眼前一亮,她再次确认了,这就是珍妮。虽然听得懂四国语言,但珍妮听到家乡话的时候眼睛一亮,立刻起身,定定地盯着吴子墨看。

吴子墨心酸地想,为了这只大熊猫,人世间可以称得上斗转星移。多少人失去了自由和生命,多少人的命运因此改写。曾明不在人世,胡教授被打成右派,丹增家的老二老大被判死刑。保护区因此成立,在武斗中秀水沟的那一片山林差点被放火烧了。就连这个大熊猫家族本身,也已经分崩离析。她的家族成员差不多已经全部死亡,有的死于猎杀,有的死于带项圈实验,有的死于那一次竹子开花,只有珍妮逃过重重劫难,得以存活下来。多才多艺的她已经是一个无法复制的传奇。

她就站在那儿和它对望着,时间流逝,沧海桑田,珍妮分明也认出了她,它注视着她,生怕她就此丢下它,它的眼睛里在渴望,目光跟随吴子墨的脚步移动。

当初把它偷偷带出中国的两个法国人，埃德蒙和加尔比恩，他们一共把 5 只大熊猫带到了法国，在全世界展出获利。在他们试图再次把两只大熊猫运出中国时，遭到了当地村民的举报。吴子墨现在唯一能做的，就是把这只大熊猫带走，她了解它的渴望。

年迈的珍妮不再是动物园的香饽饽，所以当吴子墨提出要把珍妮带回中国，动物园很快同意了。

但此时的珍妮，身患多种疾病，也并没有得到合理的医治和照顾，它已经无法再回到它的故乡了。

（24）失去的青春

"每个人都要经过这个阶段，看见一座山，就想知道山的后面是什么，可能翻过山后，你会发觉没什么特别，回头看，会觉得那边更好。"

可是看过世界之后，世界并不在你的地图和笔记里，当你回来时，你从此与众不同。

每一次鲜花和掌声之后，我一直以为自己是在不断地获得，当我的身体状况急剧变坏之后，我才知道，生命就是一个不断失去的过程。你先是失去了青春，再是失去了一个又一个的朋友，然后就是失去了生活的圈子和健康，到最后，乡音已改，鬓毛已衰，连故乡也失去了。

可是我已身患疾病，岁月肯饶恕我一时的叛逆和折腾，却不肯饶恕我浪掷青春。一天4场连轴转早已经成为历史，我现在基本上没法做任何运动，糖尿病、高血压，还有严重的颈椎病困扰着我。我感觉活力正一天天从体内消失，我的视力越来越差。年轻时我所看重的名利，现在对我来说都已不再重要。只有此时我才意识到，我的家乡和我相隔万里，我再也没有胆量和体力来一次长途旅行。

但是回乡的渴望是那样真切。已经从前世的记忆中消失的景物再一次来到我面前。我不知道将来会怎样，我会像威廉一样老死他乡吗？不，我要带着他的遗愿回到故乡。也许他早早地回乡，就是故乡的空气和清水也能治愈一个带有强烈思乡病的人。

我曾经把美美和萍萍带出家乡，我以为带给他们的会是一个光明的未来，最后美美惨死他乡，萍萍不知所踪。其实见不见过这个世界有什么要紧，这世界再大，亲人还是那些；如果没有爱人的怀抱，任你再是光彩夺目也得不到温暖的抚慰。

不过这些道理，非要历尽千帆才见真容。此时我才明白李龙龙说的，大熊猫只有过上适合自己的生活才会真正得到幸福。我以前寻找幸福已经犯了方向性的错误，在基本的物质生活满足之后，不应该向外面去寻找幸福，内心的宁静才是最终幸福的源泉。我走过了那么多的路，翻过了我以为的高山大河，才知道真正的真理太过于朴素，朴素到很多人不相信那就是真理。

小妮终于赢了，但我已不在意这些。爱情是会长大的，有时候它是单恋的小花，有时候它是根深叶茂的大树，有时候它是相互依偎的藤蔓，有时只是隔河两岸相望的石头。

所有漂泊的人就是为了有一天能够不再漂泊，能够保护起家人。只有经过这样的折腾，这样看起来的一种徒劳无功，才能明白原点是一个什么样的东西。

我动不了了，只想在溪流的大石头上晒太阳。

这天晚上，我做梦梦见了大鸟。

我看见了天空中最高的树，现在我躺在云朵上，我又一次看见大鸟，我已不知道疼痛，我知道，我的始祖母在等我归去。这尘世的痛苦与我再无关系，我不必看见身边的朋友一个一个消失，也不必看见村庄里的荒诞，我甚至以为自己能够改变命运，但最后我还是死在人类之手，也可以说我是死于对自己的绝望，我仍然无法改变自己的宿命。我足够了解这一片山林，人类却是我们的未知。

我不晓得时光过去了多久，我知道自己要死了。在美美死了，威廉死了，萍萍失踪之后，我其实已经处在被加尔比恩抛弃的境地。

最让我伤心的，是我没能保住我和威廉的孩子。仿佛老天要清除我和他之间的一切印记，他死的那晚，我流产了。

最悲痛的是，威廉死后，我突然开始后悔我这一生的选择。如果在秀水沟的那个黄昏，我没有和威廉初识，如果我没有来到巴黎，如果我和李龙龙老死在宝兴河边，如果……

当然，人生是不能彩排的，虽然它处处是岔道，但每一条路你一旦踏上就无法回头。

一个人的敏感与脆弱是成正比的,虽然我至今都不愿回忆起那段时期的自己,但我无法推翻那些证据确切的回忆。

我再也不想动弹,仿佛中,威廉站在我眼前,他说:"你看,珍妮,我们见识过这个世界,这世界以它的丰富多彩成全了你的渴望,但是到最终,你仍然孤独。"

"不,我孤独是因为你不在了,如果你还在,我们还是会和以前一样,演出,嬉戏,到哪儿都在一起。你知道吗,这辈子我最后悔的是,没有一直陪着你,跟你在一起是我一生中最快乐的时光,那时我们应该逃,一起逃。不该贪恋这虚假的繁华。"

"不,珍妮,你逃不掉的。每个人都逃不掉自己的命运。"

听威廉这么说,我无助地转向了站在我身后的李龙龙:"龙龙,是你吗?你告诉我,当年我离开故乡的选择是正确的吗?"

"你知道的,在我眼中,你从来都没有对错之分,对我来说,你的一切都是正确的。你那时太过固执,只知自己要什么,你若要,便一定要达到目的。你最终达到了目的,游历了这个世界,你快乐吗?"

"不,龙龙,你的口气不要这么陌生,我想回家,想爸爸妈妈,想和你们在一起的时光,如果我回来,你们还在吗?"

李龙龙不说话，他用一种悲天悯人的眼光看着我："一切都太晚了，你已经回不去了。你亲手毁掉了美好的伊甸园。"

"不，龙龙，不要抛下我好吗？我要回家，你别走，请你带上我，别留我一个人。"

他无情地头也不回地走掉了。

我感到无力。我百般努力却无法接近他一步。

可是我还有很多愿望没有完成，我想跟随威廉回到他的家乡，生上一堆大熊猫，过着普普通通的生活，就此终老。

我忘记了，我还没有当成一个母亲。虽然活得够久，可是我并没有活得完整，到生命的最后，没有谁记得我，记得我为它们无怨无悔地付出。我也没有毫无保留地，像一个真正的母亲那样，去爱过自己的孩子。现在我感到孤独，可是已经没有用了。

此时，我又看到了天空中那只巨大的鸟。它用它的翅膀托起我，我感到全身轻飘飘的，又快乐又满足，我跟随大鸟，向着远方飞走了，我知道，我已经走完了我的一生。

（25）三星堆和大鸟

很早以前，我们大熊猫有一些奇怪的邻居。他们的两只眼睛突出，可是很聪明，会制作精巧的工具，会把黄豆放进一个石磨里，做出一种叫做豆腐的东西。我爷爷的爷爷的爷爷跟他们是好朋友。他们劳动的时候，他就一旁转悠，那些大眼睛的人类见惯不惊，只专心于自己的劳动，从不动手赶走大熊猫，他们和平共处。不过那些人类创造的文明不知怎么就消失了，这些故事却流传下来。现代的人类是不会相信的，直到某天，他们从地下挖出了那令人惊叹的雕像和工具，才明白过来，原来自己的祖先是这个样子。人类的缺点就在于，他们对于自己不理解的东西，总是倾向于不相信。由于过度自负，他们自封为万物之灵。

在3000多年前的古蜀国，曾经有一座辉煌的城市：三星堆。

三星堆占地面积有1.2万平方公里，是世界级的大都市。从出土的情况来看，这座城市当时经过了严密的勘测、设计，它布局严谨，以中轴线为城市区域核心进行规划，分为宫殿区、作坊区、生活区等相对明确的区域。生产区发现了陶窑、玉石器作坊，还有大量生产工具、手工业成品、半成品，还发现了青铜作坊，有陶质坩埚和铸造青铜器的泥芯，在城内还发现了相当完善的排水系统。

而同一时期的玛雅文明等世界诸多文明的城市和三星堆比起来，都要小得多。

几千年前，人类还处于烧柴、烧炭的低温用火阶段，300年前随着电和乙炔的使用，人类才有了焊接技术。3000多年前的三星堆人却已经掌握青铜器高难度焊接技术，三星堆的铜树、树枝采用的是套筒焊接，大筒口套小筒口，历经数千年地下潮湿埋藏，仍然十分牢固，没法抽出来。树上小鸟的爪子是一种高强度黏接剂粘上的，比焊接还牢固，成分至今分析不出。现代工艺学家不禁赞叹：即使在21世纪也属难度极大的高科技技术！

中国从史前文明原始野蛮时代向文明时代迈进，其历史发展是连续的承接的，不是西方那种跃进断裂式的。因此一个"理念"中的中国，早在夏商周三代以前的中国，就已经出现了。

可是，曾经辉煌了2000多年的三星堆文明，在中华文明的史料上竟然无一记载。

遥想三星堆当年，创造人类第一轮文明的一支先民，他们采桑、养蚕、冶金、炼铜、造像、筑城、开路、远航大海、祭祀祖先神明、讨伐异国敌人。整整20个世纪，其间应有多少辉煌灿烂、悲欢离合、人间惊喜和大恸。可惜，这一切怎么会像海市蜃楼般忽然而来，又忽然消失得无影无踪，全无消息。这成了一个未解的斯芬克斯之谜。

这一片神秘的土地上的种种变迁，我们如何才能得知？

大熊猫身上有这种繁华文明的印记吗？欢欢不言，龙龙不语。它们或许知道，一场狂风是怎样席卷了这或许不可一世的人类文明。

我们最痛苦的事情不在于被人误解，而在于两个星球的彼此忽视。大熊猫以其经历过几百万年历史的淡定默默地看着这个星球上发生的一切。

我睁开眼睛，四周围了很多人。其中一个惊喜的叫声使我意识到：我来到了一个完全陌生的地方。

可是奇怪的是，我怎么一出生就会后空翻，看到细细的树枝横亘在林间，我就会忍不住爬上去走钢丝。

我还会周围的大熊猫都听不懂的语言。这注定我一出生，就是一只孤独的熊猫，别的大熊猫都以为我是妖怪，不肯和我玩耍。我很理解他们的这种排他性。

直到有一天，我听到人们谈论起一个名字：珍妮。

他们一直在讲这是一只多么传奇的熊猫。她是如何从宝兴大山走出，去到了法国和全世界各地，又如何影响了家族的命运。最后，她终于客死他乡。从第二次离开之后，她再也没有回到家乡。据说，她的临终遗愿就是——回到家乡的竹林去看一看。

有一天我在溪水边照镜子，我确信，自己带着前世的记忆再一次来到了这个世间。不过，很快我就将有一个新的名字——巴斯。

没有人知道，其实我还是珍妮，只不过换了一个名字活着。我死前向大鸟许的愿望已经成真。然而，它只帮我完成了一半，我再也见不到我的父母和李龙龙了。经历了那么多的坎坷，我的家族成员已先后去世，我成了最长寿的大熊猫，可由于我前世的执念尚未完成，我死后，大鸟又把我再一次带回了这片土地。

现在的世界已经不再是以前的模样。人们走过了疯狂的大跃进年代，大家不再手举红宝书下地劳动。那位新中国的缔造者也走过了他那伟大而传奇的一生。新的世纪伟人提出了改革开放的伟大构想。

包产到户政策已经让大家不再饿肚子。

森林再一次绿了。这一次，我不再乞求同伴，我总是在山林中独来独往。我不想给自己招惹太多麻烦,尽量远离人类。

我知道他们对我们大熊猫总是要求得太多。

4岁的那年，我在一次觅食时掉进一条深沟，受了伤。媒体这样记录一只大熊猫的被发现，那也是我此生首次曝光在人类面前：一只4岁左右的雌性大熊猫在觅食时误入冰河河道，后被农民李兴玉解救，由于被救的地点名叫巴斯沟，李兴玉就给它取名叫巴斯。当年猎杀我妹妹欢欢的人也姓李，叫李小根，世事斗转星移，现在我再一次幸运地被救治。

伤好后，我很快就被送到了蜂桶寨自然保护区。至此，我的今生今世才拉开了帷幕。

原来我来到了20世纪80年代，这一次，他们不再叫我珍妮。他们叫我巴斯了。

我知道这只是造物主开的玩笑。他拿走了我身边一切熟悉的人，只留下我一个人。

当然，这个世界的有些东西还是没有改变的，比如胡教授，他又回到了这片山林，带着他的科研队伍。那个漂亮的女记者，我认得她胸前的红花，那一次，她有着鬈鬈的乌黑的头发，可现在她已两鬓斑白，她又出现在我的身边。他们两个是好人，我知道。

当然，我很快被送到了动物园。这一次，我没有什么饥饿和寒冷。一个月的时候，我跑到一个大家伙的脚边，试着与其他大熊猫交谈一下，了解一下这个地方。它们根本不想理我，还用脚踏我，要不是饲养员及时赶到，我可能已经被它们踩骨折了。还有一个家伙，园子里有几棵大树，他唯一做的事情就是爬到那棵大树上睡觉，人们怎么叫它也不下来。

有一个家伙倒是看起来有些好动，但他做的运动可没什么美感，只是把身子在树干上蹭来蹭去。和会连续后空翻的龙龙比起来，他就是一个小丑。我虽然看不惯这一切，却不能说出来，我只是对着他们哼哼两声，他们就会不耐烦地对着我吼。我的个子不大，但也有七十公斤左右，饲养员们都说我跑得比较快。他们可能还不知道我就是那个活泼的珍妮吧。哎，说好的往事不回首，未来不将就，我又开始婆婆妈妈了。

这天动物园里很热闹，他们给我做了特殊的蛋糕，我很高兴地做了一个后空翻。我忘了，原来，我的此生此世，也带着李龙龙的印记。

其实前世我已明了，如果一切都做了，还是没有看到希望，就只剩最后一个低谷法宝："熬"，熬过冬天，熬过所有的草木都发芽，熬到情绪平复，熬过隐忍的每一天，直到再一次看见希望的光。

我开始重新认识我所在的这个世界。

每个大熊猫都被当做宝贝。只有我在没人的时候就开始唱歌、跳舞，人们不知道我为何这样活跃。我也感到新鲜，明明是我所熟知的世界，现在又仿佛很陌生。

没多久，我又被转到另一个动物园。我天生的运动细胞让他们很感兴趣。看到脚踏车，我便行云流水地骑上去，我会钻火圈，还会做算术。不管驯兽师教我什么，我都能很快领悟和学会，我的聪明已经让人大为震惊。他们不知道，这些东西我前世已经练习过几千遍了。

是的，这些唤起了我的记忆，此生我有何不同的际遇呢？当我在脚踏车上像风一样舞动，我想起了威廉，是他让我在上一世的岁月里享受到爱情的滋味。虽然此生此世它已不见，可我用全部的回忆知道，他一定会告诉我要好好活着。

我不能告诉他真相，不能告诉他那些淋漓的血，绝望的牺牲，那一片废墟和荒凉，全来自当年的热爱与理想。不管怎样，废墟之上终于会开出重生的花。

在蜂桶寨自然保护区，我又一次见到了那个漂亮的女记者吴子墨。我很想问问她，她知不知道李龙龙、王小妮、花花、迎迎，还有我熟悉的那些伙伴，最后都经历了什么。她在那边待了那么久，她一定知道。可是她只是掏出相机，随意拍了几张照片，就离开了。

我们都在等待生活的机会来临，但如果不主动改变饮食、作息、思考方法、交谈对象，如果不挥剑刺破玻璃罩，那些改变和机会就永不会发生。

我的改变很快就会来临，我将会成为一个有很多孩子的母亲，这是我向大鸟许过的愿。

（26）这一世的荣光

我一直忘了介绍自己的样子。如果你没有驯养过我，我可能和你见过的任何一只熊猫一模一样。我身上黑色和白色各占一半，头部是黑色的，耳朵是白色的。

只有驯养过我的人才知道，我夜里有一点打呼噜，我喜欢喝甜一点的牛奶，吃水果最好的时间是在下午3点。我很喜欢被拥抱，离别的时候我喜欢目送，我喜欢身上有一点甜甜香味的人。我喜欢男饲养员，如果不按我的方法来，我会赖在那儿不走。

这天晚上，我又做了一个梦：我梦见我的孩子们从四面八方涌来，我叫不上来他们的名字，但他们都叫我妈妈。

爱情是一场持久的考验，要到达终点，就要懂得回到最初。回想起最初爱上这个人的原因，然后说服自己，继续爱。

没有人知道我做母亲的渴望有多强烈，一旦有可能，我便会想方设法地孕育生命。前世的遗憾必须今生来补足。所以，人类以为是基因，只有我和大鸟知道，这是一份未了的心愿。

我想要和威廉的孩子，是我害死了他，我向他许诺，我会把我的孩子当成是他生命的延续。

上天成全了我，春天过去，夏天过去，到了秋天，我有了自己的第一个孩子。它全身透明，眼睛闭着，红色的绒毛透过皮肤的映射，像是一朵一朵细小的花。它的眼睛还没有睁开，却闻到了我的气息。它向我慢慢爬过来，就像一个全新的世界在慢慢靠近我。

做母亲的喜悦让我找到了新的意义，我的每一天因为这个小生命变得全新。在它的身上，我找到了我的童年。那时我的爸爸明亮妈妈明月还在。那时我以为生命中最大的寒冷就是没有食物和猎人的追捕。其实只有让生命保持在简单状态，才会有最大的快乐。就像这些才出生的小生命，他们天生喜欢人类，对饲养员的态度很亲昵。他们每一个人的出生都像一个盛大的节日，没有人强迫他们做自己不喜欢的事。这是一个最好的时代。

很多人羡慕我，因为我有了很多很多的孩子。很多人一辈子也没有尝过做母亲的滋味。

我的第十个孩子出生了。出生之后，他就被送去了人类特制的保温箱。我被照顾得很仔细，一种直觉，这个孩子跟以前的孩子不一样，我很想早点见到它，但它一直在人类的照顾下长到四个月，这一天，我感觉我的饲养员对我特别亲切。因为他摸了我好多次，这是与我的孩子相认的时候，这些抚摸对我来说很熟悉。听说，这个孩子出生时缺氧，而我竟然昏迷了，这是少见的现象。现在它在人们的仔细照料下，终于活了下来。

我走到假山后面，我急于想要见到他，但饲养员控制着我的行动，他们在害怕什么？难道我还会吓着他不成？我是他妈妈呢。

他趴在地上，怯怯地看着我，我突然意识到，那是他的眼神，我第一次见到的电视里的威廉的眼神，他在那儿侃侃而谈。我还是一个什么都不懂的小白，他已是一个见多识广的大拿，我对他心生崇拜，并发誓要追逐他而去。

现在，他是我的孩子，这是我前世的情人。他们叫他团团，只有我知道，这个孩子，就是威廉。我好高兴！威廉活下来了！而且与我朝夕相处。我情不自禁地拥抱了他。

他除了待在我身边，哪儿也不想去。而且，他变得越来越强壮，和才出生的情况完全不同。他天生乐观，常常缠着饲养员要吃的。他喜欢和别的大熊猫开玩笑，他很英俊。

他的脾气秉性和威廉差不多，比起竹子，他更喜欢吃蛋糕。他喜欢一切新鲜好玩的东西。当然，他用不了一阵子就学会了荡秋千、扔石子。在大熊猫玩具室里，刚好有他最喜欢的单车和篮球。

我说不出这是一种什么样的体验，现在，团团完全属于我，我是他的天地，也是他最爱的人。当然，所有的孩子当中，我也最爱他。他一定是威廉去世时带着强烈的渴望来到世间与我相会。现在我相信了他是真的爱我，我不会再去试探猜疑，真正的爱就是放手让对方去爱和不爱，而不是强迫他按你想要的方式去生活。

不知道去了天上的威廉知不知道这一切。其实是我想要见他的强烈愿望让他来到了此生。他说过，他要我好好地为他活下去。那么团团，就是上天派他来与我相遇的证明。

很快，我和团团会一起开始辗转世界的旅程。

我不会再离开他，不管这个世界会发生什么的变化。我再不会傻到要用亲情来交换所谓的前程。

最近我的身边发生了一件大事，动物园的大熊猫一只只地被运往一个地方，然后又被神秘地运回来。终于有一天，动物园来了几个人，他们走到大熊猫的馆舍，一间又一间地看。到了我的馆舍前，其中一个人停下了脚步，我被带进了游戏房。

我来了一个前空翻，又来了一个后空翻。

我投了几颗球，又骑了一会车。

我们国家要开亚运会了。组委全在全国征集吉祥物。新的机遇来到我面前。

他们认真看我的录像片。然后，又有一堆画家天天围着我转。一堆摄影家拍照片，拍录像。

一件巨大的事降临在我的头上。我将要成为亚运会的形象大使，亚运会的吉祥物。在最终公布的吉祥物图案上，我左手举着金牌，右手点赞，面带笑容，以奔跑的姿式出现在人们面前。我的标志性笑容征服了世界。全国各地的人们带着巨大的热忱期待着这场盛会，我成了亚运会的象征，印有我头像的旗帜满天飞。我出现在人们的衣服、帽子、雕像、花坛、铅笔盒、书包、手绢、冰箱贴、贴纸、公交车上。不久，国家专门为我发行了邮票，人们另外给我取了一个名字——盼盼。很多人专门来到我的家乡来看我，我在我家族的荣耀无出其右。是的，我又不叫巴斯了，现在我有了新名字盼盼，和这个国家所有人一样，盼美好的生活，盼心中的晴朗，盼更加充满希望的明天。

1990年9月22日下午四点，北京工人体育馆，第11届亚运会在万众瞩目中开幕了。此时的中国，改革开放已取得初步成果，国力日渐昌盛，科技进步有目共睹。虽是首次举办亚运会，但其大气磅礴的开幕式表演多年以后仍然为世人所称赞。

下午3点，观众开始入场了，每个人的手上、衣服上、包上以及现场的座位上,到处都是胖胖的我。远远看去,是一片大熊猫的海洋。大熊猫身上的黑白花纹和太极图中那阴阳相合的黑白图案惊人地吻合,古老中国的神秘令到场的嘉宾惊叹。

首先是盛大的跳伞表演,60名跳伞运动员在空中表演了叠罗汉、仙女散花等高难度的空中特技,奥委会和亚运会会旗在空中徐徐展开,当跳伞运动员带着五星红旗从运动场上从天而降时,全场响起了雷鸣般的掌声。这是新中国举办的第一次大型洲际运动会,由太阳和长城组成的精美会徽在工人体育馆会场中央的场地上十分醒目。接下来是602名军乐手组成长城图案,吹响了气势磅礴的《长城颂》。军乐队不断变换队型,一会儿组成太阳,一会儿组成火炬,一会组成亚运会会徽。圣火燃烧起来了,在长城脚下,在古老而又年轻的中国。随后是中日两国1400名群众组成的团队做了中国简化二十四式太极表演。林中悠扬的乐声响起,太极以柔克刚、阴阳相和的招式与体育比赛中在竞争中增强友谊的精神合一,中国太极再一次征服了观众的心。

而我的这一世,像这一次的闪耀登场一样,又有了不一样的经历。

也许人一生回顾自己经历时,不知道哪一条路才是对的。

可是对与错又怎样,那幸福和痛苦都无法彩排,不管怎样,只要经历过,就是人生全部的意义。

多才多艺也是另一种痛苦,人人都知你能做事情。于是每一个机会都摆在你面前,你就在诱惑或选择中错失了另一条路。爱情也是如此,你选择了貌美如花,就有可能放弃了温良贤惠。你选择了爱事业拼命的他,就错过了小桥流水夕阳西下。

但是,那唯一的命定的爱情,来过我身边,这是无法替代的。唯有它,让我觉得我曾经活在这世上,被人深深地关心和惦记过,也曾深深地关心和惦记过他人。只有他,是我曾经来过这世界的痕迹。可是我不能回忆,比起惨死在法国的美美和萍萍,我又是太过幸运之人。

当然,我曾经活过了上一世,又幸运地把记忆带到了今生。就是那神灵也不知我为何有如此强烈的渴望。我对我自己很满意,当然,这是我的秘密。

（27）基因之谜

还好，人生安排得正好，我可以体验这两种完全不同的人生。或许如一个高僧所说，修行之前，砍柴的时候想着挑水，修行之后，砍柴便砍柴，挑水便挑水。

以前，不管是工作，爱，还是玩耍，健身，表演，我总用力地观赏另一个我，你看，我在努力，我在出名，我在受苦。现在我把它当成生命的必经之路。欢乐来了，我享受它，苦痛来了，我承受它。最大的好处是，我不再凭空羡慕别人的人生，我知道自己的生命历程是造物主特意为我量身订做的，包括最终的决定。

但这不是宿命和悲哀，它促使我尽力地去认识自己，找到自己真正的快乐。苦痛和磨难的真正意义并不是摧毁你，也不是看轻你的价值，而是促使你要与自己真正地和解。

我看着人们，人们也看着我。我们不是彼此欣赏，我也不是被他们把玩，我们是互相怜悯，我们知晓彼此有巨大的不同，却没有高下之分。也可以说我们是惺惺相惜。他们说的话我不大懂，但我们已有自己的沟通方式，那就是眼神。有人说过，我的眼神是必杀技，有的人看着我就哈哈大笑。但若我不笑，他再认真地看上我几分钟，就会流下泪来。

我现在住着比过去更为宽大的住处，有更多的人照顾我，他们把我们的生命看得很珍贵。花了很多很多的钱来保护我们，其实我很想给他们提个建议，对于珍爱之物，反而要抱以平常心，不要过度照顾，才能得到上天的眷顾。每个生命来到世间，都有它自己的使命，你不能人为地抹杀这个过程。

我很痛苦的是，一到春天，我要是对哪只熊猫多看了一眼，人们就会自作多情地把我们关在一个笼子里，以为我会对他动心。可人们不明白，在丛林中的几百万年里，我也只有春天才会春心萌动，碰见喜欢的人就去追逐。对没有神秘感和仪式感的爱情，人类自己也会厌烦，但他们却开始强迫我。

即便有碰见也不会强迫自己为了传宗接代而交配。还好，总会有一些时候让我遇到所爱之人。是爱和奔跑让我们生生不息，能让我们保持对生命的热情的，除了自由和爱，已经无他。

人类以其强大的能力想让世界像一个积木一样，任其摆布。这点他们就不够理智。我们经历的事情比他们要多一些，我的始祖母从来没有挑战过大自然。

你知道什么季节开什么花，结什么种子，哪种动物会被哪种动物吃掉？这些问题我们从来不去管，人类总想寻找存在感，发明了很多千奇百怪的工具，层出不穷的新技术，当然，有很多只不过多一条作死的途径。现在的问题是，我生的孩子过多，且个个壮硕，我有了一个新的封号"英雄母亲"，因此被人类认为有特殊的基因，他们要从我身上打开突破口，寻找到繁衍的秘密。

他们待在我身边，没日没夜地观察我，我不知道他们要干什么，我只知道，一个人过度受人关注，并不是什么好事情。

早上，我开始吃一种甜甜的药水。一连几天，我抗拒也没用，他们总会让我吃下去。我觉得乳房开始胀痛，下肢越来越软。

这一天我早上便觉得困，一直睡了九个小时。起来的时候，我觉得痛。我的饲养员过来了，他看见我眼里的困惑，什么也没说，抚摸了一下我。

巴斯不负重望，在6年中生育了11个孩子，且全部成活。这对于穷尽一切方法来培育大熊猫的人类来说，是一个极大的福音。自然的，他们认为巴斯身上藏着非同寻常的基因。

有人曾经质疑人类花了太多的钱来保护大熊猫一个物种，那么对世界上其他也濒临灭绝的物种是否公平。

专家贝利说："人类把大熊猫推向了灭绝的边缘，我们理应找一种方法来拯救他们。"我认为，大熊猫是一个象征，我们都爱他们,我们都希望与他们共同拥有这个地球,如果我们真的不能为大熊猫节省我们的空间,如果我们不能拯救一个我们自称最喜欢的动物,我们又怎能期望人们去拯救其他的动物呢?

拯救的终极意义就是繁衍。人类研究大熊猫几十年,有两大难题一直没有得到真正解决:一是生殖率,一是人工饲养成活率。

他们从巴斯的身上取走了细胞,准备做实验。科研人员跟踪了一年,才等到珍妮的几次排卵,他们事先给她喂食足够的奶粉和促排卵药物,终于取出了珍妮的卵子。

大胆的研究终于被提上议事日程。

没多久,报纸上有个小标题,除了我,没有人注意到:大熊猫克隆技术研究课题开始启动。

人工培育成活大熊猫一直是人类想要攻克的巨大难题。而巴斯在6年中生育了11个孩子,并且全部成活,它的基因成了人们最感兴趣的东西。

她生下的孩子,有几个也已经成了母亲,它们身上有一个共同的优点,就是身体比较健康,生下来的孩子成活率较高。是不是如果有了这些大熊猫的共同基因,就能解决大熊猫生育率极低、成活率不高的难题呢?

胡教授作为一位年逾花甲的老人，在拨乱反正后又重返工作岗位，还是回到了大熊猫研究小组，此次仍然由他主持大熊猫的生育基因研究。在科学研究方面，1998年巴斯为异种克隆大熊猫献出了体细胞，直至早期胚胎的形成。这一创新成果被选为中国十大科技进展。

对大熊猫的排卵期的观测也是很困难的，光从巴斯身上取到卵子，就花去了一年半的时间。

而且一场更为秘密的研究也正在持续中。

他们真的要再造一个新的我吗？大熊猫的生育和繁殖率低始终是一个痛点。

人类想要征服世界的野心也从未消灭。

后代对于动物界的意义究竟是什么？生育的意义不就是延续自己身上那个独一无二的基因吗？那可不可以延续成一个跟自己完全相同的自己呢？

而大熊猫身上本来就直接带有远古时候的基因，如果这项研究能够获得成功，那不就像孙悟空一样，从身上拔下一撮毫毛，就遍地都是小毛猴了吗？所有的生物都不用经历生育之痛就可以进行繁衍了。

巴斯这个带有优秀基因的大熊猫必须作为动物界的先驱。

在巴斯的呓语中，总是在说着一只大鸟。人们不知道，大鸟的真容即将呼之欲出。

初春的成都像一朵花蕾半开，阴霾的天气低沉而又湿润。21世纪年头的第一个春天，好雨知时节，当春乃发生。成都市青羊区苏坡乡金沙村那片房地产开发的土地上，工人们在工地上挥汗如雨，在图纸上选好了属于自己那幢住房的所有户主都不会怀疑，再过一年，这里又将会有很多现代化高楼，他们将会成为这座高楼上风上水的主人。

金沙村居民小区建设工地上，2001年2月8日下午4时许，挖掘机下方的渣土地，突然发现有闪光的东西刺眼。施工队立即停下，因为他们都知道，在成都这片古老的土地上，随便一锄头挖下去，都可能出现奇迹。

就是那庞大的挖掘机不经意间的猛然一击，撞开了沉睡千年的"阿里巴巴"大门。古蜀成都的历史，在顷刻间找到得以改写的理由。

考古队进场，考古学家们惊呆了。如此精彩纷呈的现场，令考古专家们惊呆了：机械挖出的文物四处散落，有玉琮、玉璧、玉环、玉璋、玉圭、玉戈、金箔、青铜器和大量象牙。金沙遗址横空出世。"淘尽黄沙始到金"，金沙地名的由来是否缘于此呢？

竹片和油漆刷小心翼翼在考古队员手中飞舞，先轻轻地剥落泥块外层的松土，再一层一层地清除，随着千年老泥的慢慢脱落，尘埃落定之际，被泥块包裹揉成一团的金色之物渐渐露出真容。

在经过考古工作必需的绘图、照相之后，专家用摄子轻轻地展开：外廓呈圆形，图案分内外两层，都采用透空的表现形式。内层图案为等距分布的十二条弧形齿状芒饰，芒饰按顺时针方向旋转，中心的透空图案好似一个顺时针旋转的漩涡，外层图案由四只等距分布相同的逆向飞行的神鸟构成。

神鸟均作引颈伸腿、展翅飞翔的状态，飞行的方向与内层图案的旋转方向相反。金饰系先用自然砂金热煅成为圆形，然后经过反复捶打，最后根据相应纹饰的模具进行刻画和切割。这充分表明了当时的古蜀国手工业发达，已经有了明确细致的分工。

考古专家们后来的精准描述，使人们从美学、从科学、从人学、从神学，感受到太阳神鸟的一种大气和霸气。

时隔3000年，神鸟仍然栩栩如生，她身上已写满中华文化传统符号，她阐释了华夏文明的精髓，她是炎黄子孙的文化精灵。

（28）奶奶的话

以前我奶奶年老生病了，她常常躺在那儿有气无力地说：人老了，就好比蜡烛燃完了，哭了一辈子，现在应该到天上去了。她常常说的一句话是：人活着真没意思。

她死的时候是在一个冬天，我第一次意识到死亡和分别是怎么一回事。早上起床，我习惯地走到她的面前，嗅嗅她的鼻子，发现没有鼻息，她从没走出过秀水沟，她只是日夜不停地为家族操劳，我从小熟习她的体温，走路的样子，喘气的样子，当然她晚上打鼾也曾经吵得我不能睡觉。可是她死的时候我还是很伤心。

我不知道自己的一生算不算有意思，现在我已经走到了暮年。如果要用一句话总结人生，我想或许可以这样说：我活过，爱过，这就够了。年轻的时候，我一心想要去看外面的世界，让我的爸妈在担心中走过，后来我失去了威廉，我知道那种离别的伤痛，这是我此生最为后悔之处。我有过一次回家的机会，但我没有认识到亲情的可贵。我以为外面的精彩可以抵御亲情的缺失。我还带走了美美和萍萍，让他们也离开了自己的父母，骨肉分离。

我以为的幸福和成功，并没有让自己获得内心的宁静。

走过了八千里路，风霜雨雪里，记得的还是自己那个家。不过当时我想的是，机遇当前，能退能进的时候，一定选择进，即便对自己的实力估算不足；可实力究竟如何，只有试炼才知道，实力又可以在试炼中快速增强，即使失败，我们也要印证过的失败而不是猜想。

后来我自己决定离开家，跟随两个外国人走了。那个时代，我的祖国没有能力保护我，更多的人离开了自己的家，在外颠沛流离。

现在不一样了，我仍然在周游世界，我的家族也有很多熊猫作为友好使者被送出国门。可是我们的生命是被尊重的。

终其一生，在故乡的光阴，在外游历的光阴，我仿佛都在寻找生命的意义。那时候，我离开了爱我的龙龙，以为过去的一切都是不值得留恋的，以为生命必须要向外突破才是成长。现在我才知道，无论你身处何处，无论外界的物质怎样，其实到死的时候，别人怎样看过你，怎样对待过你都不再重要。重要的是，你曾经怎样对待过自己。有一个问题你必须解决：你无悔吗？我离开家的时候，是前世的威廉告诉我：要不悔。其实前半生我未曾畏惧，后半生我要做的就是：不悔。

我无悔吗？不，我不知道。

我第一次看见有只大鸟在我的眼前盘旋，我爷爷说：我出生的时候，天边有一道彩虹。其实我们每一只大熊猫在出生的时候，老天都曾经做了印记，他有一台运算能力超强的CPU，一年四季他都带着他的超大移动硬盘在四方巡游，谁该着出生，谁该着灭亡。谁该吃谁，谁又该当谁的食物。哪里需要平衡，哪里的河流必须改道，哪里的山峰必须移位。哪些动物统治世界的时间太长，哪些地方该收回太阳的照耀。哪些种子生在哪里，哪些植物给它艳丽的花朵，哪些植物用它好吃的果实……

如果你不了解世界的奇幻之处，只是一味觉得可以改变这些神秘的基因，那你一定会得到老天的惩罚，连它的惩罚也是不让你悔改的，因为你得费好大力气才能看出这其中的因果。有时这因果需要几个世纪的光阴，你没有时间跟老天对抗的。我爷爷说，作为一只大熊猫，最重要的智慧，便是臣服于这世界强大无比的力。虽然这臣服一定会有牺牲，但如果你不学会臣服，你就会被自然收服，不再是这生生不息的世界中的一环。

这一次，大鸟虽然来了，我却没有死。人类再一次救活了我。我动了一次大手术，又活过来了。

现在我已经是世界上最长寿的大熊猫啦。

活得久，就会见识很多风景。我见到了老朋友吴子墨和胡教授。还在动物园见过棕色的大熊猫。当然，我的愿望是回归山林，不过，这个愿望我已不能亲自完成，只能由我的孩子们来完成了。

（29）走向密林深处

虽然流浪的基因曾经激励过我，让我的前生过得光华耀眼，是的，我突然觉得，也许宁静才是我最终的追寻，当然也正如只有吃过了珍馐才知粗茶淡饭的安稳一样。我在想，被这魔咒所困，我已无法过得轻松。

如果你已经不想过一种生活，你无法假装。

那过去的生活时时跑来唤醒我。也许我经由一个过程获得了短暂的名利和自由。

但没有一种人生是一帆风顺的。在安静的生活里，你会隐忍那刻板的一成不变。在漂泊的生活里你要隐忍那漫无目的，没有一样东西会在你的生活中保持长久的巨大不安全感。

一只4岁左右的雄性野生大熊猫误入保护区内耿达镇的正河电站，保护区与大熊猫保护中心耗时3个多小时将这只大熊猫解救，并最终成功放归大自然。

或许我们太过于依赖人类，在和人类长时间相处之后，我们已经习惯了他们的照顾，现在放放和小野要离开我们，被放归到山林了。

放放和小野早就没有居住在动物园，他们本来是生活在野外，受伤后才由人类捡回进行照顾的。在饲养3年后，放放和小野早已长大成人，又经过了两年的野外生存培训，现在他们要被放归山林。

我看见小野依依不舍地离开。可是3天后它又回来了，看起来饥肠辘辘。他没有在野外找到食物。

放放倒是真的离开了，但3个月后，人们在雪地里的河沟中发现了它的尸体，死因是他误入了一只大熊猫的领地，在争抢食物时与其发生了激烈打斗，逃跑过程中摔下山崖受伤，天气十分寒冷，最后冻死。

其实如果人类不对我们进行干预，我们一样能战胜疾病和争斗，这么多年的优胜劣汰就说明一切问题了嘛。

或者干脆说，如果自然要我们从这个世界上消失，也一定有它的道理，犯不着为此伤心。

如果自然真要我们灭绝，那就没有我了呀。我不怎么关心别人，我关心自己。我虽然轻易地离开了故乡，可要再次回归，又显得那样的艰难。

胡教授已是白发苍苍的老人。吴子墨也已青春不再。

他们知道，我需要这样一次回乡。

我说过，我不会再和团团分开。虽然我的身体已经大不如前，可是，我知道，只有山林，才是我最终的归宿。

我终于不再被豢养，我要回到生我养我，那给了我蓬勃生命力的地方。人类给的摇篮再美好，我也觉得只是寄居。一切都只是梦幻，我要达到生命中真正的真实。是的，我要找自己的存在感，存在感就是：一切艰难我都曾亲力亲为。我要在野兽的追逐中去强健我的体魄，锻炼我的四肢。甚至最终死在与野兽的搏斗中，或者死于一次堕入悬崖。这是自然赋予一只大熊猫的使命，我唯有遵从。

我一步一步地走远了，团团走在我的前面。他对这一切有一种天生的亲近。竹林，旷野，杜鹃花，自由。他情不自禁地打了个滚。

胡教授看着我，吴子墨看着我。

我已不再年轻，在我身强力壮的时候把我放归山林，我才有生存和觅食的可能。把团团跟我一起放归，是我的心愿，也是人类的敏锐。在所有的孩子当中，我跟团团的感情最为特殊，或许人类已经看出，即使为了团团，母爱的本能也会让我克服野外生存的艰难，最终回归山林。

我回头看了一下还在目送我们的两个人。他们两鬓斑白，和大熊猫结缘 30 年，他们付出了自己的青春。也是他们，让我建立了对人类的信任。

虽然得到了他们无微不至和照顾，可是我们的家，终归是天为被地为床的旷野山林。

空调房里的冬暖夏凉，敌不过我在山间自由奔跑后的山林荫凉。衣来伸手饭来张口敌不过我在竹林间的自由穿梭。

如果没有学会在残酷竞争中去争得自己的领地，大熊猫就不会获得在种群中应有的尊重。

虽然我已经对朝夕相处的人类有了感情，但是，我还是愿意带领我的孩子在风霜雨雪中去打滚，让它们激发血液中潜藏的野性。

在阳光下，远山就像洗过一样，历历在目，巍峨的云峰上，霎时峭壁生辉，转眼间，脚下山林云消雾散。

山顶的积雪还未完全消融，像一个久经沧桑的老人安详地卧在那里。他笑看无数人离开，无数人归来，他仿佛知道，我几经挣扎，最终还是要回到这里，但他并不嘲笑我的挣扎，只是对这一切了然于胸。这一切仿佛是为了迎接我和团团回归专程准备的。

这一切对我既熟悉又陌生，我在那里度过了童年，怀着幻想离开，在人类的世界中流浪、游离，和威廉结缘，找到了一生中最为美好的爱情。

然后，死去。又带着前世的密码回归，有了自己的孩子，看过了最繁华的风景。现在我发现生命真正的真谛是千辛万苦找到那个真实的自己，并一步一步去实现它。

经过了几世的轮回,我发现,这片土地才是我内心的乡愁。我依依不舍但又步伐坚定地向着密林深处走去。

2015年,在成都召开的世界野生动物保护与大熊猫研究大会上,胡教授正在发布《关于大熊猫最新种群研究和保护报告》。

大家静静地盯着屏幕,礼堂里座无虚席。对大熊猫这种从远古时期就存在的生物,比人类的出现更加久远的生物,我们凭什么来主宰这个世界?每个人都陷入沉思。

胡教授的PPT正在一页页展开。

大熊猫,属食肉目大熊猫科。大熊猫从分类上讲属于哺乳纲食肉目动物,但其食性却高度特化,成为以竹子为生的素食者。据考证,大熊猫的古代名称有貘、白豹、铁豹、驺虞等。在200多万年前的更生世早期到100万年前的更生世中晚期,大熊猫已经广布于我国南半部,组成了大熊猫——剑齿象动物群。今天该动物群的许多种已经绝灭,而大熊猫却一直生存下来,所以大熊猫有"活化石"之称,同时也是生物多样性保护的旗舰种。

大熊猫在几百万年间由盛而衰,以至濒临灭绝境地。究其原因,除了外界环境的恶化以外,也有其自身繁殖能力方面的问题。在各种不利因素中,其内在原因是由于食性、繁殖能力和育幼行为的高度特化。外在原因则是栖息环境受到破坏，形成互不联系的孤岛状，导致种群分割、近亲繁殖、物种退化，再加上主要食物竹子的周期性开花死亡、人为的捕捉猎杀、天敌危害、疾病困扰，这就构成了对大熊猫生存的严重威胁，使其面临濒危的境地。

大熊猫以极为稀少的数量侥幸存世的局面引起了世人的深切忧虑和关注，它未来的命运牵动着亿万中国人民的心弦。在中国政府和有关国际组织的支持下，经过中外专家多年的努力，大熊猫的保护工作取得了可喜的成绩。目前全国建立的与保护大熊猫相关的自然保护区有56个，现在已经有45%的大熊猫栖息地和61%的野外大熊猫种群纳入自然保护区内，得到了较好的保护。大熊猫种群数量下降的趋势已基本得到控制，有的保护区的种群数量还略有增长，但形势依然严峻。

根据最新的普查结果，全国野生大熊猫的种群数量为1596只，除生活在野外的大熊猫外，还有163只生活在动物园和饲养场，其中卧龙大熊猫繁育中心、北京动物园和成都动物园的种群较大，此外，国外动物园也有少量的个体。

现今野生的大熊猫仅存于中国西部6个山系的部分地区，它们是岷山、邛崃山、大相岭、小相岭、凉山和秦岭，在行政区划上，这些大熊猫分布区位于四川、甘肃和陕西3省。

目前分散在各个山系的大熊猫面临被分割成小种群的危险。一旦我国大熊猫野生种群出现互不相联的孤岛状小种群，大熊猫濒临灭绝的趋势仍将不可逆转。现在有关部门正在采取措施，进一步扩大大熊猫的栖息地，并在各大熊猫保护区之间建立走廊带，使保护大熊猫的自然保护区真正成为一个整体。

（尾声）

没有人有我这样幸运了吧，既拥有此生此世，又拥有诗意和远方。

我活过两种人生。现在我再一次衰老。

今天是我的百岁生日。有很多人来到我的面前，我的眼睛朦朦胧胧的，有一个小女孩指着我说：妈妈，今天是大熊猫的生日，怎么它看起来一点都不高兴呢？

我没有不高兴，我只是习惯了一切悲喜。我曾经经历过贫穷和苦难，天灾与人祸，我不免想起我初来这人世间。那时我有纯结的爱情，有爱我的亲人。虽然潜伏着猎人到来的危险。森林中也有豺狼，我所有的天地也只有那片森林，那个山坡。世界还没有以它的复杂多变来引诱我。我以为最美的景象就是山上的落日和雨后的竹林。我眼中只有李龙龙，和他在一起就是我全部的幸福。我那些小小的忌妒就是我生命全部的波澜。

我对这世界有着美好的憧憬和幻想。但是命运仍然把它要给的全部给了我。它让我经历了很多。我不知道它赋予我的使命是什么。

不管哪一种生物都应该是平等的吧。我过着漂泊无定丰富多彩的一生，大部分大熊猫没有出过自己待的那片山林，你能说谁的生命更有意义？可我那时候太年轻，总是喜欢把自己的价值观强加给别人。远方和现实，要看你自己怎么看。

我努力地翻过了那一座山，山外的世界的确不同，可是看过了这些风景，又觉得宁愿在清新的空气里，在山间的溪水中，在茂密的森林里跟随自己的亲人度过一生。当一个人过于在意外界的关注，他的一生就将不再是自己的了。

好吧，每一种人生都有不为人知的苦，也有不为外人道的小幸福。对于我来说，我经历故我在。

这一生山高水长，我们唯一需要在意的，只是自己而已。别人可以强加给你各种各样的标签，我曾活过两世，我想终于有一点资本来给你们谈谈人生这回事。

作为一只大熊猫，我相信除了人类，目前以我们的地位也是处在生物链的顶端。人们已经对我们竭尽所能地照顾。可是我有一个秘密还没有来得及告诉他们：自然如果要我们灭亡，那一定自有深意，最好不要对抗。对人类来说，有一课是相当重要的，那就是接纳。接纳其他物种的不同，接纳它们的孤独，接纳他们的不为人类所用，甚至接纳他们的最终消亡。

当然人类的可爱之处也在于，他们总是想用他们的智慧，和那点微薄的力量,来最终与大自然进行抗争。

(2017年5月20日第一稿)

(2017年6月10日第二稿)

(2017年7月5日第三稿)

附：巴斯档案

巴斯在饲养人员的精心呵护和调教下，逐步成长为世界级巨星：能晃板、骑车、投篮、举重等。

1987年，巴斯受林业部派遣，代表中国野生动物保护协会远涉重洋，赴美国圣地亚哥市表演技术。后周游日本、法国、加拿大等9个国家，750多家报刊、电视台、广播电台发出相关新闻近两万条，将巴斯表演盛况传遍全世界，被誉为特技熊猫、友谊天使、天皇巨星。

1990，巴斯应组委会邀请参加第十一届亚运会相关活动，自此摇身一变，成为亚运会的吉祥物名满天下。

1991年，巴斯应中央电视台之邀参加全国春晚。

1992、1993年受国家林业部派遣，先后赴广州、深圳、济南、北戴河等地演出，为国家大熊猫栖息地保护工程计划筹集了资金。

2001年，巴斯是世界上第一只被福州熊猫世界确诊出患有高血压的大熊猫。

2002年7月23日，巴斯在福州鼓岭避暑山庄，因血压高出正常血压两倍，引起血管破裂而大量出血，昏迷一周后得救。巴斯又成为世界上第一只被成功实施手术摘除白内障的大熊猫。大熊猫研究中心陈玉村主任为筹划这次手术整整准备了半年的时间（见病例记录）。这是我国首例取得成功的大熊猫白内障手术，填补了大熊猫医疗史上的一项空白。

据介绍，5%的大熊猫患有白内障，巴斯就是其中典型的一例。5年前，当它步入16岁老龄年龄段时，右眼开始出现白点，曾用过不少药物，但病灶仍不断扩大，最后还是遮住了整个眼睛。从此，它性格变了，表现出胆怯、烦躁，甚至攻击过饲养员。

2010年6月1日下午，巴斯突然病危，福州大熊猫研究中心主任陈玉村查看了巴斯的病情，立即决定下午5时手术！第一份检查报告显示：白血球升高两倍，有重度脱水现象和几度的贫血。巴斯有可能出现心脏衰竭，随时可能失去生命。一开始连续几天的救治都没有什么进展，奄奄一息的巴斯仿佛真的要离我们而去。

第5天，陈玉村主任大胆提出了一个假设，巴斯是不是并发了胰腺炎？由于至今没有检查大熊猫胰腺炎的标准，在这紧要关头，专家们还是按照陈主任的设想立即转入肠炎并发胰腺炎的治疗方案。6月6日，巴斯精神状况开始好转，对肌肉注射也有了反应，但仍不能站立起来。施救一个星期后，巴斯逐渐好转。这是它30岁以来所获得的第三次新生。

2010年11月12日，中央电视台为巴斯架起直播车与亚运会开幕式取得互动。13日,来自世界各地的大熊猫专家和当地的居民1000多人为巴斯举办了隆重的"百岁"生日。2014年,已经34岁的巴斯即将要在福州海峡熊猫世界度过他第35个生日。

2017年1月18日上午10时,大熊猫巴斯的贺岁庆典在海峡(福州)熊猫世界举行,福建省委宣传部副部长徐姗娜、福州市副市长李春等领导,以及来自世界各地的嘉宾、熊猫迷们欢聚一堂,为巴斯庆生。